聞き屋 与平

江戸夜咄草

宇江佐真理

集英社文庫

目次

聞き屋与平

江戸夜咄草《えどよばなしぐさ》

聞き屋　与平

一

両国広小路《りょうごくひろこうじ》のたそがれは、どこかうら寂しい。

明暦《めいれき》の大火以後、本所《ほんじょ》、深川の発展のために両国橋が設置されると、東西の橋際は盛り場と化した。

両国広小路は、正確には本所側の東両国広小路（あるいは向こう両国広小路）と、大川の西側の西両国広小路の二つに分けられる。しかし、いわゆる両国広小路と言えば、西両国広小路を指していた。

その両国広小路には、おででこ芝居、三人兄弟芝居、こども芝居、勘九郎芝居などの芝居小屋や、浄瑠璃《じょうるり》、落《お》とし噺《ばなし》、手妻《てづま》（手品）、声色《こわいろ》、からくりなどの小屋が軒を連ねている。

小屋は丸太で足場を組み、その上を菰《こも》で覆う粗末な造りだ。菰には下《くだ》り酒《ざけ》の商標が読めるものもある。新川《しんかわ》の酒問屋に酒樽《さかだる》が船で運ばれる時、それを包んでいた菰も使われているからだ。粗末な造りは小屋の掛かりを抑えるという意味もあるが、両国広小路は、一応、火よけ地となっているので、何かあった時に、すばやく小屋を畳まなければならない。手間を掛けずに、畳んだり、設《しつら》えたりするために、そのような造りにしているのである。

芝居小屋を取り囲むように水茶屋《みずぢゃや》や髪結床《かみゆいどこ》、様々な床見世《とこみせ》（商品だけを売って人の住まない店）が並んでいる。小間物、はぎれ、花、怪しげな骨董品《こっとうひん》、古着、菓子等を売る床見世は、ただ、ひやかして廻《まわ》るだけでも、結構時間が潰《つぶ》せた。水茶屋と髪結床は大川の岸に沿った所にも並んでいる。ここの髪結床は町内にあるものより手間賃が安かった。

軽業などの大道芸が始まると、往来に人の輪ができる。

それを眺めていても、耳には様々な音が響く。景気のよい太鼓の音は楊弓場《ようきゅうば》から聞こえてくる。楊弓場は三軒ほどあり、様子のいい女を置いている。

鼻の下を伸ばした客の意図が、景品にあるのか、女にあるのかわからない。恐らく、両方だろう。客が首尾よく的を射ると、矢はカチッと鳴り、外れると太鼓がドンと鳴る。楊弓場がドンカチと呼ばれるゆえんだ。

その他に客を呼び寄せる各々の見世の口上《こうじょう》も相当にやかましい。両国広小路は江戸一番の盛り場の名に恥じず、日中は人の往来が引きも切らなかった。

だが、夕方、芝居小屋や床見世が一斉に店仕舞いを始めると、通り過ぎる人々も潮が引くように去ってゆく。日中が賑《にぎ》やかなだけに、日暮れは、なおさら閑散として感じられた。

夜が更けるとともに、界隈《かいわい》は、手拭《てぬぐ》いで顔を隠した夜鷹《よたか》が酔客の袖《そで》を引くことになるのだが、まだ、それには少しばかり早い時刻、米沢町《よねざわちょう》の黒板塀の通用口がひっそりと開くことがある。

通用口は商家の裏手になっていた。

その商家は、ちょうど両国広小路に背を向けた恰好《かっこう》で建っている薬種屋だった。表の店を閉め、代わりに裏の通用口が開いたという感じもする。三月中旬のその日も、そうだった。

通用口から男が一人現れる。男は着物の上に黒い被布《ひふ》を重ね、深編《ふかあ》み笠《がさ》を被《かぶ》っている。春とはいえ、夜はさすがに冷える。被布は防寒のためだ。

男は手馴《てな》れた様子で置《お》き行灯《あんどん》をのせた机と、藍染《あいぞ》めの小座蒲団《こざぶとん》をのせた腰掛けを通りに出した。

腰掛けは二つ。一つは男が使い、もう一つは客のためのものだ。机には白い覆いが被せてある。

男は机の置き行灯に火を入れ、それから身仕舞いを正すような仕種《しぐさ》をした。

「お前さん……」

後ろから男の女房らしいのが声を掛け、手あぶりの火鉢を男の横へ置く。女房の年恰好は四十半ばか。とすれば、男の年齢は五十前後と察しもつくが、深編み笠が邪魔をして本当のところはわからない。だが、背丈は高い方で、体格もがっしりしている。

男が若い頃、柔《やわら》の稽古《けいこ》に通ったことがあると知れば、なるほどと合点がいくだろう。

女房は、地味ではあるが、一目で上物とわかる着物を身に着け、頭は結い立てのように、きれいに撫《な》でつけてある、いかにも商家のお内儀《かみ》と思わせる品のよさもあった。

女房は火鉢を置くと、鉄瓶と茶の道具、煙草盆《たばこぼん》を差し出す。深編み笠が肯《うなず》くように前後に揺れた。女中の手を煩《わずら》わせずに、女房が自ら男の世話を焼いているのは、何やら訳ありの様子も感じさせる。

「今夜は少し冷えそうですよ。膝《ひざ》掛《か》けをお持ちしましょうか」

女房が男の身体《からだ》を気遣うように言った。

「いや、いい……」

「そうですか？　それじゃ……」

女房は心配そうな表情で通用口の中へ顔を引っ込めた。座った男の前は、通りを挟んで水茶屋と按摩《あんま》の看板が見える。

〝揉《も》み療治　徳市《とくいち》〟

通り過ぎる人が少なくなったとはいえ、掛け取り（集金）の帰りらしい商家の手代などは急ぎ足で男の前を通る。つかの間、怪訝《けげん》な表情をすることが多い。男は辻占《つじうら》のようにも見えるが、机に被せた覆いの垂れのところに、「お話、聞きます」と、書いてある。笠竹《ぜいちく》もないので辻占ではないと気づく。

「いったい、あんたは何屋さんで？」

見兼ねて訊《たず》ねる者に、「はい、ここに書いてあります通り、人の話を聞く、聞き屋でございます」と、男は慇懃《いんぎん》に応《こた》える。

「へえ、人の話を聞いてお足を稼ぐのかい。こいつァ、たまげた。で、幾らなんだい」

「お客様のお志で結構でございます。お持ち合わせがないようでしたら、無理にはいただきません」

大抵、そこで呆気《あっけ》に取られ、ついで胡散臭《うさんくさ》い表情になり、何も言わず、そそくさと行ってしまう。ばかばかしくて、やってられないよ、ということらしい。

だが、少しでも男のことを知っている者は、「おや、今日は聞き屋の日かい？　するてェと十五日か……ぐずぐずしてられねェ」と、呟《つぶや》いたりする。男は毎月の五と十のつく日に、そうして通りに出ているからだ。

男が深編み笠を被るのは、話をする客に余計な気遣いをさせないためだった。そこだけは辻占と同じである。何か胸に抱える話のある者が男の前にひっそりと座るのだ。問わず語り。そう、そんな感じである。

男は黙って客の話を聞く。ただ聞くだけで、助言のようなことはしない。それでも、ぽつりぽつりと男の前に座る者はいた。

独り暮らしの寂しさを語る者、姑《しゅうとめ》の愚痴をこぼす嫁、嫁の悪口を言う姑、主人への不満を募らせる奉公人、冷たくなった間夫《まぶ》（恋人）に対する未練の気持ちを露《あら》わにする女。あるいは離縁された女房が夫の所へ残してきた子供への思いを涙ながらに語るかと思えば、男を作って逃げた女房へ嫉妬《しっと》の入り混じった怒りをむき出しにする亭主もいる。そして、過去に犯した過ちのあれこれを語る者……。

この三年の間、男が聞いた話は一つとして同じものはなかった。事情は似ていても、話し手が変われば、趣もまた変わる。

「聞き屋」。いつしか奇妙な男の商売は両国広小路の陰の名物ともなっていた。

男の名は与平《よへい》。薬種屋「仁寿堂《にんじゅどう》」の十代目の主《あるじ》だった。与平は三年前に息子に家督を譲り、今は隠居の身であった。

二

「小父《おじ》さん、いい？」

与平の前に十五、六の娘が座った。これで二度目。色が浅黒く、少し受け口の娘だ。名前は確か、およしだった。

——仕事の帰りかい？

「そ。今日はお客さんが立て込んで、疲れちゃった」

——ご苦労さん。

娘は昼間、近くの一膳《いちぜん》めし屋で女中をしている。娘の勤める店は夜になると酒を出す。娘と交替に、今度は母親が酌婦として店に出る。どうせなら、娘は母と同じ時間帯で働きたいのだが、そうなると幼い弟妹の面倒を見る者がいないのだという。娘の父親は賭場《とば》で借金を拵《こしら》え、行方知れずになっていた。

借金の取り立てがやかましく、娘も母親も、おちおち眠れないと、この前も話したことを繰り返した。

「おっ母《か》さんと一緒に働いても、お給金は半分以上も取られてしまうから、ちっとも暮らしは楽にならないのよ。弟や妹は大きくなる一方で、ご飯もたくさん食べるし、先のことを考えると気が滅入《めい》るの。いったい、どうなるんだろうって」

——………。

「いっそ、岡場所で働こうかなんて思ってしまうのよ。そうすりゃ、今より少しはお金が入って来るでしょう？」

——それはそうだが……。

「お父《と》っつぁん、どこでどうしているのかしら。あたし達が、こんなに困っているのに、平気でお酒なんか飲んでいるのかしら」

——平気じゃないだろう。

「そうよね。平気だったら人じゃない。鬼よ。小父さん、どうして男の人は賭場に行くの」

——いい目が出て、お金をたくさん手にしたいと思うからだよ。だが、博打《ばくち》はいい目が出るより、出ないことの方が多いものだよ。

「小父さんも賭場へ行ったことある？」

——若い頃に二、三度、顔を出したことはあるよ。

「勝った？」

——勝つものか。負けてばかりだった。

娘は鼻先でふふんと笑った。

「そうよね。勝つことなんて滅多にないのよ。それでもお父っつぁんは賭場へ行った。負けが込むと、悔しいからお酒で憂《う》さを晴らすのよ。いっつも、それでおっ母さんと喧《けん》嘩《か》。毎日が地獄だった。今は借金の取り立てがやかましいけれど、喧嘩がないだけ、ほんのちょっぴりマシかなあと思っているの」

——………。

「もう、おっ母さん、お店に行った頃ね。あたしもそろそろ帰らなきゃ。弟と妹が待っているから」

──何人きょうだいだったかな？

「五人。あたしが一番上で、次が弟、それから妹、弟、妹。男と女が交互に生まれているの。うちのお父っつぁん、取り柄《とえ》は一つもないけど、子種の仕込みだけはうまいって、おっ母さんは馬鹿なことを言うのよ。それに、おっ母さん、いざとなったら何んにもできない人なの。この間、うちの妹と弟が次々に麻疹《はしか》に罹《かか》った話はしたっけ？」

──ああ、聞いたよ。その後、様子はどうだい。

「お蔭様《かげさま》で、もう大丈夫。身体のブツブツが、まだ痒《かゆ》いみたいだけれど。その時だって、おっ母さんは、おろおろするばかりで何もできなかった。看病したのは全部、あたし」

──ああ、そうそう。これをあげようと思っていたんだよ。

「なあに？」

──膏薬《こうやく》だよ。弟さんや妹さんが痒がったらつけてやりなさい。

与平は貝殻に入った膏薬を着物の袖から出して娘に渡した。痒み止めの効果があるものだった。

「くれるの？」

──ああ。

「ありがと。でも、どうして？」

——わたしの本業は生薬屋《きぐすりや》なんだよ。

「え？　じゃ、仁寿堂さん？　確か、表のお店はそうだったと思うけど」

——そんなこと、どうでもいいじゃないか。とにかく、遠慮しないでこれを持って行きなさい。

「ええ。本当にありがと。それじゃ。今日もお金は払えないけど……ごめんなさい。でも小父さん、また来ていい？」

——ああ、またおいで。

娘は弾むような足取りで通りの向こうへ去って行った。娘の住まいは馬喰町《ばくろちょう》の裏店《うらだな》だと、確か、この間、言っていたと思う。

煙管《きせる》に刻みを詰め、火鉢にかがんで火を点《つ》けた時、娘と入れ替わりに中年の男が座った。両国広小路界隈を縄張りにする岡っ引きである。さきほどから物陰で様子を窺《うかが》っていたのは、与平はとっくに気づいていた。

「ご隠居。夜風が滲《し》みるぜ。身体にこたえねェかい」

男は鯰《なまず》の長兵衛《ちょうべえ》と呼ばれていた。年は四十二、三か。小柄な男である。唐桟縞《とうざんじま》の着物に対《つい》の羽織を重ね、着物の裾《すそ》は尻端折《しりっぱしょ》りして、千草《ちぐさ》の股引《ももひき》を穿《は》いている。どんぐり眼《まなこ》は、いつも落ち着きなく動いている。貫禄《かんろく》のなさを補うために生やした髭《ひげ》が鯰のそれに似ているところから、鯰の長兵衛と呼ばれるようになったのだ。

だが与平は、目の前の岡っ引きより、その父親の方となじみが深い。父親の長次《ちようじ》も両国広小路界隈を縄張りにする岡っ引きだった。

長次は息子に縄張りを渡した一年後にぽっくりと死んだ。弔いには与平も顔を出した。

「あの娘、吉原《なか》の小見世に売られるそうだ。てて親の借金を返すにゃ、一膳めし屋の給金だけじゃ、とても間に合わねェからよ」

長兵衛は与平の顔色を窺うように言った。

与平の胸にコツンと響くものがあった。多分、およしは、すっかり覚悟を決めているのかも知れない。そんな気がした。

「段取りをつけたのは親分さんですか」

与平は、少しいら立った声で訊《き》いた。

「人聞きの悪いことを言うなよ。おれは母親の相談に乗っただけよ」

「…………」

「あんたも、うすうす感づいていたんじゃねェのかい」

「さあ」

「さあということはねェだろう。あの娘はお前《め》ェさんに、色々、打ち明け話をしていただろうが」

長兵衛は自慢の髭を骨太い指でいじりながら言う。股引に包まれた右足を、左足の膝の上に乗せている。

「どうでェ、人助けのついでに、あの娘の借金をきれいにしてやっちゃ」

長兵衛は黙っている与平に続けた。

「別にわたしは人助けで聞き屋をしている訳じゃありませんよ。人は話したくても話せないことがあるじゃないですか。わたしはそれを聞いてやっているだけです」

与平は口調を荒らげた。だが長兵衛に怯《ひる》む様子はなかった。

「何んの罪滅ぼしなんで？　ご隠居が酔狂に聞き屋を始めた訳をとくと聞かしてくんねェな」

「親分に言っても始まりませんよ。これは、わたしだけに理由があることですから」

「親父は今際《いまわ》に、仁寿堂から目を離すなと遺言したぜ。今にぼろを出すってな。おれァ、その意味が、さっぱりわからなかった。だが、お前ェさんが三年前に隠居の身の上となって聞き屋を始めると、俄《にわ》かに、もしやと思うようになったのよ。おれは、お前ェさんが、昔の罪の償いに聞き屋をしていると睨《にら》んでるぜ」

長兵衛は腰掛けの上で、足を組み替えた。

与平は灰吹きに煙管の雁首《がんくび》を打った。一服も喫《す》わなかったことには、長兵衛は気づいていないようだ。

「何んの罪の償いですか」

与平は試すように長兵衛に訊いた。

「さあ、そいつァ、はっきりとはわからねェ。だが、お前ェさんは、その気になったら何んでもする男だ。いや、できる男だ。人殺しだろうが、付け火《び》だろうが」

「おもしろい理屈ですな。どうですかな。わたしを番屋にしょっ引いて、仕置にでも掛けてみますか。何か出るかも知れませんよ」

「おもしれェが、ぞっとしねェ。お前ェさんが梃子《てこ》でも口を割らねェのはわかっているわな。それに、町年寄も薬種組合も、そうなったら黙っちゃいねェだろう。仁寿堂の隠居に無体なことをすると、たちまちおれは評判を落とし、悪くすりゃ十手を取り上げられちまわァ」

「縄張りの実入りがふいになるのは、もったいないですからね」

「何んだとう！」

長兵衛は顔色を変えた。

「図星でしょうが。江戸一番の盛り場の上がりとなれば、そんじょそこらの岡っ引きとは訳が違う。息子さんは一流どころの料理茶屋に修業に出している。娘さんは豪勢な仕度をして嫁に出した。生まれたお孫さんにまで、あれこれ金を遣っている様子だ。おかみさんは確か、柳橋《やなぎばし》の芸者さんでしたね。所帯を持った時から苦労知らずで、花見だ、月見だ、芝居見物だと毎日のように出歩いている……別に他人様《ひとさま》のことですから、わたしもあれこれ言いたくはないんですよ。わたしが言いたいのは、老い先短い年寄りのすることに口を挟まないでほしいということだけです。およしを気の毒だと思うなら、親分こそ面倒を見てやるべきですよ。そのぐらいの施しをしても罰は当たらないでしょう」

「おきゃあがれ。おれにそんなことする義理はねェわ」

長兵衛は癇《かん》を立てた。

「だったら、わたしにも、その義理はありませんよ」

与平はにべもなく言った。長兵衛は言葉に窮して、しばらく黙っていたが、やがて、

「ま、親父の遺言だ。先はどうなるかわからねェが、お前ェさんから目を離すつもりはねェからな。とくと覚えておきゃあがれ！」と、腰掛けから立ち上がり、捨《す》て台詞《ぜりふ》を吐いた。そのまま肩を怒らせて去って行った。

与平は短い吐息をついた。

その時、按摩の徳市が玉杖《たまづえ》を突きながら外へ出て来た。これから商売を始めるのだろう。

「旦那《だんな》、今夜はどうです？　客はありやしたかい」

徳市は見えない眼をしばたたいて与平に訊いた。

「今夜はまだ、一人だけだよ」

「わっちも、今夜は客のお呼びがあるかどうかわかりやせんよ。何しろ不景気で、わっち等《ら》の商売もさっぱりだ。旦那、たまには声を掛けて下はいよ」

徳市は阿《おもね》るように言う。

「あいにく、わたしは肩こりとは縁のない男でね」

「うちの奴《やっ》は度々、お前ェさんがそうおっしゃっておりやしたっけ」

「度々じゃありやせん。ほんのたまです。お内儀さんに頼むんだろ？」お内儀さんもねえ、色々、気苦労が絶えませんからね」

「わたしに手が掛かるという皮肉かい」

「そんな。そんなつもりは、これっぽっちもありやせんよ」

徳市は慌ててかぶりを振った。

「まあ、いいだろう。そういうことにしておこう。気をつけてお行き」

「あい」

徳市は、ゆっくりと柳橋の方向に去って行った。徳市の鳴らす笛の音が夜のしじまに響く。按摩の笛を聞くと与平は決まって侘《わび》しい気持ちになった。与平は煙管に刻みを詰めた。今度はゆっくりと煙草を味わうつもりだった。

三

仁寿堂の初代の主、甚五郎《じんごろう》は紀州の出身だった。何んでも、紀州公の参勤交代の伴《とも》をして、江戸にやって来たらしい。

甚五郎は江戸の町にすっかり魅せられ、そのまま、二度と紀州の土を踏むことはなかった。棒手振《ぼてふ》りの商いをしながら小金を貯め、その当時、最も繁華な界隈だった葺屋《ふきや》町《ちょう》のはずれに葦簀《よしず》張《ば》りの水茶屋を出した。

当時、吉原《よしわら》もその近辺にあったので、見世は思わぬほど繁昌《はんじょう》した。だが、甚五郎は客に愛想してお足を稼ぐ商売に次第に倦《う》んでいった。顔見知りとなった近所の人々は引き留めたが、甚五郎はあっさりと見世を畳み、神田明神下《かんだみようじんした》の仕舞屋《しもたや》を買って薬種屋、仁寿堂の看板を掲げた。これが仁寿堂の嚆矢《こうし》である。

どうして水茶屋の主が畑違いの薬種屋に鞍替《くらが》えできたのか、十代目に当たる与平にはわからなかった。今と違って、昔は株だの、組合だの、煩わしい縛りは、それほどなかったと言うものの、薬種屋を始めるには、それ相当の知識が必要だ。古代中国で開発された漢方薬は五千種にも上る。それを取捨選択して、だいたい百種程度に収め、しかも、店の目玉になる薬を拵えるとなると、ちょっとやそっとの思いつきではうまくゆかない。

与平は甚五郎に対し、未《いま》だに尊敬の念と、不可思議な思いを抱《いだ》いている。

だが与平は、甚五郎の直系の子孫ではなかった。与平の父親の平吉《へいきち》は仁寿堂の八代目の主に使われていた番頭だった。

その頃には、仁寿堂は江戸でも大店《おおだな》の一つに数えられるようになっていた。八代目の主の為吉《ためきち》は生まれた時から苦労知らずで育った男だった。年頃になると遊びで出歩くことも多くなり、それは先代の父親が亡くなると、さらに拍車が掛かった。持つものを持たせれば落ち着くかと、親戚《しんせき》が相談して呉服屋の娘を嫁に迎えたが、さして状況は変わらなかった。家の商売は顧みず、ほとんど平吉と手代まかせだった。

平吉は先代の教えを守り、律儀に商売に励んだが、何しろ為吉の遊びの掛かりが馬鹿にならないので、店は次第に赤字を出すことが多くなっていた。

為吉は財布にあるものだけでは間に合わず、付け馬（代金を取りにいく者）を従えてのご帰還も度々だった。

平吉が先代の代わりに口酸っぱく諫《いさ》めても為吉には通じなかった。それどころか、内緒でこっそり借金をするようにもなった。帳場では平吉が睨みを利かせていたので、為吉は余分な金を持ち出せなかったのだ。

多額の借金が発覚した時、平吉は、これで仁寿堂もお仕舞いだと思った。百五十両。為吉が旗本の次男、三男坊とつるみ、いい気になって散財した結果だった。

もはや為吉は正常な金銭感覚すら失っていた。

為吉は店の銭箱に余裕がないなどと、つゆ考えもしなかった。薬種組合を通して、ご公儀に納めなければならない冥加金《みようがきん》など、大店には大店なりの苦労がある。一時は組合に頼んで金を工面して貰《もら》ったが、それも焼け石に水だった。

やがて、来る日も来る日も、仁寿堂に借金取りが訪れるようになり、平吉はその対応に追われ、商売どころではなくなった。

悪いことは続くもので、そんな時に近くの青物市場から火が出た。火は風に煽《あお》られ、仁寿堂の古い建物にまで及んだ。

薬種屋が火事に遭うと、黒や黄、紫の煙が噴き上がる。店に保管してある様々な薬の原料が火に焼かれると、そんな色の煙を出すのだ。奉公人と為吉の妻子は難を逃れたが、為吉は色とりどりの煙に巻かれて命を落とした。

為吉の母親は数年前に亡くなっていたので、仁寿堂の哀れな最期《さいご》は、目にすることはなかった。それが為吉のせめてもの親孝行と、近所の人々は弔いに訪れた時、苦しい悔やみを述べた。

為吉の弔いを終えると、為吉の女房は子供を連れて実家に戻ると言った。女房は平吉に後をまかせた。店の地所を売った金で借金を返済し、残ったもので奉公人達の落ち着き先を探してやってほしいと言い添えた。

その時、平吉は為吉の女房に仁寿堂の看板を譲ってくれと申し出た。長年奉公した店が消えるのだけは何んとしても避けたかった。

平吉は健気《けなげ》な番頭だった。女房は、その申し出を承知した。内心では、いずれ廃業に追い込まれる店の看板を後生大事に抱えていたところで、どうなるものでもないと思っていたらしい。女房は、看板は譲るが、今後一切、自分は仁寿堂と関わりたくないと言った。後で何か起きた時に責任を問われることを恐れたようだ。

その後、女房は三人の子供とともに蠟燭問屋《ろうそくどいや》の主の後添えに納まり、倖《しあわ》せに暮らしていると聞いた。

平吉は神田明神下の地所を売って借金の始末をつけた。それから米沢町に仕舞屋を借りて仁寿堂の看板を掲げた。目を掛けていた手代と台所をさせる女中は連れて来たが、他の手代と小僧はよそに奉公して貰った。

与平は他の薬種問屋に手代として住み込んでいたが、この時、平吉に呼び戻されたのだ。

与平は十八になっており、平吉の片腕となるには、不足のない年齢だった。

与平の母親は、与平が三つの時に流行《はや》り病《やまい》で亡くなっている。平吉は男手一つで与平を育てた。と言っても、平吉は商売に忙しく、ろくに構ってはくれなかった。

だが、習い事はさせてくれた。与平は、手習所はもちろん、算盤《そろばん》の塾、柔の道場、三味線の師匠の所にまで通った。

親の目がないと子供は勝手なことをするので、平吉は母親の代わりを、それぞれの師匠に求めたのだろう。その他は、年に二、三度、与平を近所の蕎麦屋《そばや》へ連れて行くぐらいで、芝居も花見も連れて行かれた記憶はない。おもちゃも買ってくれなかった。

それでも、平吉が「蕎麦屋へ行こう」と誘うと、与平は嬉《うれ》しかった。

蕎麦を啜《すす》る息子を眺めながら、平吉は一本だけの銚子《ちょうし》の酒を大事そうに飲んでいた。あの時、父親が何を考えていたのか、与平にはわからなかった。与平は平吉にとって、心の支えであると同時に、厄介な荷物でもあっただろう。平吉が仁寿堂の看板を守ろうとしたのは、ひとえに与平のためだったと、今では思える。

新しい仁寿堂は両国広小路という地の利が幸いして次第に繁昌するようになり、古くからの客も戻った。間口二間《けん》の店は年月とともに昔の勢いを取り戻し、今では間口十二間半の堂々とした店構えである。

平吉の真面目《まじめ》な仕事ぶりもさることながら、跡を継いだ与平も、父親の期待を裏切ることなく励んだ。父親が自分の養育のために金を出してくれたことが、じわじわと実感できるようになったせいもあろう。

与平は息子に商売を譲る少し前まで、薬種組合の長《おさ》を務めたり、町内の世話役を引き受けたりして人望を集めた。その一方、品物の品質向上にも努めた。

万病に効く仁寿丹《にんじゅたん》。火傷《やけど》、切り傷に効く竜王膏《りゅうおうこう》。血の道等、婦人病を穏やかに治す観音湯《かんのんとう》などは、江戸の人々に広く知られていた。

薬を求めて訪れる客は、店に置いてある床几《しょうぎ》にひつじ掛け（互い違いに座ること）して順番を待つほどの繁昌ぶりである。

だが、平吉は今日の仁寿堂の繁栄を半ばまでしか知らずに生涯を終えた。神田明神下当時の金策が思わぬほど平吉にこたえたのか、与平が跡を継ぐと、間もなく中風《ちゅうぶう》に倒れ、三年ほど寝ついたまま逝った。

かいがいしく平吉の看病をしたのは、与平の女房のおせきである。おせきは仁寿堂の女中をしていた女である。無駄口を利かず、辛抱強い性格が与平の気に入った。他に縁談も持ち込まれていたが、なぜか与平は、その気になれなかった。

またいつか、仁寿堂が危機に陥った時、実家に力のある嫁なら、あっさりと戻ってしまうだろう。そう、八代目の主の女房のように。

おせきは両親が早くに死に、親戚をたらい回しにされて育った女だった。そんな女ならば、いざと言う時にも自分を見捨てないだろうという気もした。母親の情を知らずに育った男は、女房を迎える段になっても、つい、つまらぬことに拘《こだわ》った。おせきはその通り、与平に献身的に尽くしてくれた。長く一緒に暮らす内に夫婦の情愛も育ったと思う。

与平には三人の息子がいた。長男は米沢町の本店《ほんだな》にいるが、次男は同業の店に婿入りし、三男には八丁堀の表南茅場町《かやばちょう》にある仁寿堂の出店《でだな》（支店）を任せている。三人とも商売熱心だった。それに兄弟の仲がよかった。与平にとって、それが何より嬉しいことだった。

しかし、五十歳になると、与平はいつまでも店の商いに自分が口を出すのもどうかと考えるようになった。長男の藤助《とうすけ》は二十五になり、二人の子供の父親だった。藤助は、よく言えば鷹揚《おうよう》だが、与平から見ると覇気に欠けた。与平はそれが歯がゆかった。十一代目の主として、もっとしっかりしてほしいのが正直な気持ちだった。自分が隠居したら、藤助は、いやでもしっかりするだろうと思った。

「いつまでもわたしを当てにするな。これからはお前の才覚で店を切《き》り盛《も》りしておくれ」

隠居を宣言した夜、与平は藤助に釘《くぎ》を刺した。藤助は心細い表情をしていたが、嫁のおさくは、「お舅《とう》さん、せいぜい、うちの人にがんばって貰いますよ」と、力強く応えた。

嫁は客に対して愛想よく振る舞い、奉公人にも目配りの利く女だった。

女房のおせきは何も言わず俯《うつむ》いていた。

「おせき、お前もよく働いてくれたよ。これからは、少し楽をして暮らそうじゃないか」

与平はおせきを慰めるように言った。

おせきは孫の世話の合間に、好きな芝居見物をするようになった。おせきの表情は見違えるように生き生きと変わった。そういうおせきを見るのは与平も嬉しかった。

しかし、与平には、これと言って興味を惹《ひ》かれるものはなかった。誘われて俳句の会に顔を出したり、一中節《いっちゅうぶし》の稽古にも通ってみたりしたが長続きしなかった。お伊勢参《いせまい》りや大山詣《おおやまもうで》にも出かけたが、疲れただけで、特におもしろいものではなかった。

与平は毎日、あてもなく両国広小路をうろつき、近所の飲み屋で銚子を傾けて時間を潰した。身体は楽になったが、気の張りもなくなっていた。仕事一筋にやって来た男には無為の日々が苦痛だった。

四

あれは確か、深川永代寺《えいたいじ》の出開帳《でがいちょう》の折だった。与平は暇潰しに深川へ出かけた。深川永代寺は全国の諸仏や霊宝を公開する出開帳を時々行なう寺だった。

その時、与平と同じように永代寺にやって来た初老の女が、連れの女に話をしている声が聞こえた。

「家にばかりいると、嫁に邪魔にされるんですよ。いえね、嫁が気に入らないという訳じゃないんですよ。わたいは話を聞いてくれるだけでいいんだから。それなのに嫁は、おっ姑《か》さん、その話なら、この間もお聞きしました、と言うんだよ。年を取るとさ、同じ話を何度もしてしまうんだよ。悲しいねえ。だけど、黙っていると、何んだか胸の辺りが苦しくなるのさ。それで、わたいはお仏壇の仏様にあれこれと話すんだが、相手がものを言わないのは張り合いがないねえ。誰か黙ってわたいの話を聞いてくれる人はいないものかねえ」

連れの女もその言葉に相槌《あいづち》を打った。

与平は世の中に自分の話を聞いて貰いたい人間が思わぬほどいるのだと気づいた。黙って話を聞く。それなら自分にもできそうな気がした。

しかし、他人様が見知らぬ自分に話をしてくれるためにはどうしたらいいのかわからなかった。

おせきに話しても呆気に取られたような顔をするばかりで埒《らち》が明かなかった。

恐る恐る藤助に相談すると、「本気かい」と真顔で訊ねられた。

「ああ。わたしはこれと言った趣味もない野暮な男だからね。せめて、それぐらいならできそうだと思ったんだよ」

すると藤助は眉間《みけん》に皺《しわ》を寄せた。

「それぐらいって軽く言うが、これはお父っつぁん、大変な仕事だよ。胸の奥にしまい込んでいたことを打ち明けられるかも知れないじゃないか。その人のために絶対口を閉ざす覚悟はあるのかい？　たとい、お上《かみ》に背くようなことでもさ」

与平は、はっと胸を衝《つ》かれた。そうだ、場合によっては藤助が言ったような事態にならないとも限らなかった。

与平が言葉に窮して黙ると、藤助は、「ま、試しに二、三日やってみるといいよ」と、とり繕うように言った。

「どうやって？」

「別に話を聞くだけなら、あれこれ道具はいらないだろう？　辻占みたいに机を出して、腰掛けでも置いたらいい。ああ、ついでに辻占と同じように笠なんぞ被ったらそれらしくなると思うよ」

「看板はどうするのだ。客に、わたしのことをわからせる看板だよ」

「机の横にでも、お話聞きます、って札を下げたらいいよ」

「…………」

「ま、やってみることですよ」

藤助は与平の肩を叩《たた》いて笑った。父親の突飛な思いつきに、面と向かって反対しなかったことはありがたかった。

初日は、客はつかなかった。二日目も同じだった。三日目になると、与平はさすがに、こんなことをしても無駄なのではないかと意気消沈した。空に浮かんだ三日月にまで自分の愚かさを笑われているような気がした。おせきが、そんな与平を心配して何度も様子を見に現れるのも癪《しゃく》に障った。

だが、四日目に与平の前に客が座った。

「わっちの話を聞いてくれるかえ」

手拭いで頭を覆い、小脇《こわき》に丸めた茣蓙《ござ》を携えた夜鷹だった。

——わたしでよければ……。

与平はおずおずと応えた。

「わっちが何をしている女か、お前さんはわかっているだろうね」

置き行灯の光に浮かび上がった女の顔には厚く白粉《おしろい》が塗られていた。だが、白粉では到底隠し切れない皺が深く刻まれていた。とうに四十は過ぎていると思われた。

——姐《ねえ》さん、お前さんが何をしていようがわたしは一向、構いませんよ。わたしは、ただ姐さんの話を聞くだけだから。

「夜鷹を買ったことはあるかえ」

——いえ……。

「そいじゃ、岡場所は？」

――それもありません。

「泥水啜る女の気持ちはわからないだろうね」

――………………。

与平は目の前の夜鷹にからかわれているのかと思った。女は洟《はな》を啜るような息をして、しばらく黙った。与平は手持ち無沙汰《ぶさた》に茶を淹《い》れて女に差し出した。

「ああ、おいしい。いい茶の葉を使っているんだねえ。こんなにおいしいお茶は久しぶりで飲んだよ」

――それは恐縮です。わたしは夜に茶を飲むと、なかなか眠れなくて困ります。

「疲れていりゃ、どうということもなく眠れるさ。試しに一日、どぶ浚《さら》いでもしてごらんな。あっという間に白河夜船《しらかわよふね》だ」

――まあ、姐さんのおっしゃることは、ごもっともです。

「ふふ、おかしな人だ。おかしな人だから、こんな商売を始めたんだろうよ。何んて言うのさ。お話屋？　それとも聞き屋？」

――聞き屋というのはいいですな。これからは、それを使わせていただきます。

「呆《あき》れた。手前《てめ》ェの商売が何かわからずにやっていたのかえ」

女は乾いた笑い声を立てた。それで気が楽になったのか、長い話が始まった。驚いたことに、女はれきとした武士の妻だった。

出入りの呉服屋の手代と理《わり》ない仲となり、手に手を取って駆け落ちして江戸へやって来たという。女は紀州の出身だと言った。

与平は仁寿堂の初代甚五郎のことを、ふと思った。甚五郎も紀州の出だった。甚五郎がその女を与平の前に座らせ、話をさせるよう仕向けたような気がした。

江戸での二人の暮らしはうまく行かなかった。男の仕事が思うように見つからず、持っていた金は、すぐに底をついた。

水茶屋、めし屋、飲み屋、女の働き口も次第に怪しげなものとなった。ある日、勤めを終えて裏店の塒《ねぐら》に戻ると、男の姿が消えていた。代わりに待っていたのは人相のよくない三人の男達だった。女はたちまち、男達のいいようにされた。男が女を岡場所へ売ったのである。五年の間、女は局見世《つぼねみせ》と呼ばれる狭い座敷で客を取った。ようやく年季が明けた時、女は三十の半ばを過ぎていた。それから一人で食べてゆかなければならないのに、女は身体を売るしか働く術《すべ》を知らなかった。夜鷹には自分から進んでなったという。

「わっちは、一緒に駆け落ちした手代に心底惚《ほ》れていた訳ではないのさ。甘い言葉を囁《ささや》かれてのぼせただけさ。亭主に不満はなかったからね。一度だけ、たった一度だけ、他の男に抱かれてみたかったのさ。だが、一度というのが曲者《くせもの》で、一度が一度で終わったためしはないのさ。男が承知しない。こいつはおれの女だと纏《まと》わりついて離れやしない。後々、厄介なことになるのはわかり切っているんだ。だから、お上は不義密通をご法度《はっと》にしているんだよ。そうだろ？　わっちゃ、痛い目を見て、ようやくそれがわかった。こんな様《ざま》になるくらいなら、いっそ、駆け落ちする前に、亭主の刀で、ばっさりやられちまった方がマシというものだった。だけどねえ……」

言い澱《よど》んだ女の顔を、与平は笠越しに見つめた。

「わっちのしたことは、こんな年まで女郎をしなくちゃならないほど罪なことだったんだろうか。時々、考えちまうんだよ」

――そうですな。一度の過ちにしては、姐さんの苦労は大き過ぎたと思いますね。

そう言うと、女はしゅんと洟を啜った。

「優しいことを言ってくれるじゃないか。ああ、今夜はいい日だ。あんたに会えてよかったよ。ところで、お代は幾らだえ？」

聞き料の段になって、女は途端に顔つきを変えた。爪《つめ》の先まで金に縛られた暮らしをして来た女は、金の話になると自然に表情がこわばるのだろう。

――お客様のお志で結構でございます。お持ち合わせがないようでしたら、無理にはいただきません。

「へん」と、女が鼻で笑った。

「夜鷹に身を落としていても、お前のような妙ちきりんな奴から情けは受けないよ。ばかにするない！」

女は捨て台詞を吐き、波銭《なみせん》（四文）一つを机の上に放り出した。そして、ぶつぶつ悪態をつきながら暗い路地の中へ消えた。

与平は長いこと、その波銭を見つめていた。

女から平手打ちを喰《く》らった気がした。心のどこかに話を聞いてやっているという思い上がったものがあったと思う。一刻《いっとき》（約二時間）余りの聞き屋の代金が四文だった。只《ただ》よりも与平にはこたえた。いや、いっそ、只の方が与平にとっては気が楽だったろう。

与平は長い吐息をついた。最初の客があの女でよかった。そうでなければ、与平はいつまでも驕《おご》った気持ちのままで、その内に飽きてやめたかも知れない。聞き屋は自分にとっての修行だと肝に銘じた。女から受け取った波銭は、その時からずっと神棚に供えてあった。

一度だけの過ちが一度で済まなくなると、女は言った。過ちは誰にでもある。それを認め、心を戒めて、人は生きて行く。仁寿堂の八代目は色とりどりの煙に巻かれながら、それを罰だと思ったろうか。

部屋に置き忘れた財布を取りに戻って為吉は逃げ遅れたのだ。平吉は止めなかった。燃え盛る店を呆然《ぼうぜん》と見つめていただけだった。

いや、誰も止めなかった。火消しですら。

五

「お父っつぁん、茅場町の店の女中が嫁に行くから暇を取りたいそうだよ。どうする?」

藤助は朝飯の時にそう言った。食事は藤助と差し向かいで摂《と》る。おせきはかいがいしく給仕するが、一緒には食べない。与平と藤助の食事が終わってから、一人で食べるのだ。

おさくや二人の子供、それに住み込みの奉公人は茶の間から続いている台所の座敷で食べる。膳のお菜《さい》は主も奉公人達も一緒だ。

朝は納豆に味噌汁《みそしる》、それに沢庵《たくあん》。昼はうどんか蕎麦。夜は煮物、青菜のお浸し。汁はついたり、つかなかったり。月に二度ほど魚がついた。奉公人は、飯だけは好きなだけ食べられる。店によっては、主と奉公人のお菜に甚だしい差をつける所がある。生前の平吉はそれを嫌った。為吉がそうだったからだ。

喰い物の恨みは恐ろしいよ、平吉は苦笑交じりに言ったものだ。与平は平吉の流儀を守り、家の食事は奉公人と同じ物を食べるようにしている。そのせいか、仁寿堂の奉公人の出入りは他の店より少なかった。だが、年頃の女中などは二、三年で顔ぶれが変わった。

「そいじゃ、『久野屋《くのや》』に次を頼んだらいい」

与平は藤助に応えた。馬喰町に仁寿堂が懇意にしている口入れ屋があった。久野屋とは、その口入れ屋のことだった。仁寿堂の奉公人は、大抵、久野屋を通して雇っていた。

「だけどさ、富蔵《とみぞう》は、もう若いのはいやだと言っているんだよ。気が利かないって」

富蔵とは三男のことだった。今年、二十歳《はたち》になる。今は商売がおもしろくて仕方がない様子だった。本店の売り上げを超えてやると豪語している。

「茅場町は番頭や手代が出払っている時、女中が店番をすることもあるじゃないか。あんまり年寄りじゃ、店の雰囲気を壊す。薬を聞きまちがえて渡しても困る。それに年寄りなら住み込みも難しいだろうし」

「あいつ、こうと思ったら引かない男だからね。お父っつぁんとそっくりだよ」

茶を淹れていたおせきが藤助の言葉に、くすりと笑った。

藤助は母親の顔を見た。

「富蔵は、おっ母さんのような人はいないだろうかと言ってるんだよ」

「あたしなんて……」

おせきは照れた。

「富ちゃんは、甘えっ子だったから、幾つになってもおっ姑《か》さんが一番なんですよ」

おさくが子供達の世話を焼きながら、台所の座敷から口を挟んだ。藤助の子供は年子で、並んで座っていると双子のようだ。長男の与一《よいち》は五歳、長女のおみつは四歳だった。二人は与平を「おじい」と呼ぶ。おせきのことは「おばば」だった。言葉を喋《しやべ》り出した頃の呼び方がそのまま定着してしまったのだ。

「そりゃあ、お父っつぁんの時代はおっ母さんのようなおとなしい人は多かったらしいが、この節は口から豆を飛ばすみたいなお喋りばかりだ。できない相談というものさ」

藤助がそう言うと、女中のおたみは首を竦《すく》めた。

「ほら、おたみが困っている。お前さん、当世の女中気質《かたぎ》を嘆いても仕方がありませんよ」

おさくは愉快そうに言った。おさくは鳶職《とび》の頭《かしら》の娘として育ったので気《き》っ風《ぷう》がいい。

「ま、それとなく久野屋に相談しておきましょう」

藤助はそう言って湯呑《ゆのみ》の中身を飲み干した。

与平は少し気になることを思い出したが、その時は、口に出さなかった。

「おせき、ちょいと出かけるよ」

与平は腰を上げておせきに言った。

「あら、どちらまで？」

「なに、散歩だ」

「年寄りは足から駄目になると言いますからね。せいぜい、お父っつぁんは足腰を鍛えた方がいい」

藤助は余計なことを言う。

「何言いやがる」

与平は吐き捨てたが、眼は笑っていた。


与平は横山町《よこやまちょう》のおさくの実家に向かった。

おさくの父親の源次《げんじ》は鳶職の傍ら、町火消し「に組」を引き受けていた。に組は横山町はもちろん、米沢町、馬喰町、通塩町《とおりしおちょう》、下柳原同朋町《しもやなぎわらどうぼうちょう》等を縄張りにしている。

訪ねて行った時、源次はちょうど家にいた。

土間口の正面には陽と月を表す二つの輪に雷鳥帽子《らいちょうぼうし》を被せた纏《まとい》がうやうやしく飾られている。その横に源次の厚手の火消し半纏《ばんてん》も並んでいた。だが、四百人近くの火消し人足を抱える頭の家にしては質素だった。二階のある一軒家は階下が六畳二間に台所がついただけで、二階は息子夫婦の部屋だった。

与平は茶の間へ促されると、手土産《てみやげ》の粟餅《あわもち》を差し出した。両国広小路で売られているものだ。粟餅は源次の好物だった。

「陽気がいいので散歩がてら、ちょいと頭の顔が見たくなりましたもので」

与平はそんなことを言った。

「大旦那、いつもあいすみません」

源次の女房のおりきが恐縮して頭を下げた。

おさくと同じで、さばさばした性格の女である。

源次は六十近いが、おりきは与平と同い年の五十三である。おりきを見ていると、三十年後のおさくの顔が容易に想像できた。それほどよく似ている。

与平はおりきの淹れた茶を一口啜ると、腰の煙草入れを取り出し、一服点けた。

「馬喰町の裏店におよしという十五、六の娘が住んでいるはずなんだが、頭はご存じですか」

「およし？」

源次も煙管を取り出したが、与平の言葉で一瞬、手が止まった。

「何んでも、てて親が賭場で借金を拵え、行方知れずになったとかいう……」

「大工の岩《いわ》さんのことじゃないのかえ」

おりきが横から口を挟んだ。

「ああ、そう言えば、一番上は確か、およしと言ったな」

源次はようやく合点のいった顔になった。

「岩吉《いわきち》は腕のいい大工なんだが、困ったことに博打好きでね。それがもとで年中、夫婦喧嘩が絶えなかったのよ。ま、岩吉ばかりを責められねェ。せっかく稼いでも、建て主が金を払わねェことが続いたからなあ。ちょいと賭場でいい目が出ねェかという気持ちにもならァな。で、大旦那はその岩吉の娘をどうしようと言うんで？」

源次は白い煙を吐き出しながら怪訝そうに訊いた。与平は黙って灰吹きに灰を落とした。

「お前さん、ものの言い方に気をおつけよ。それじゃあ、まるで大旦那がおよしちゃんを囲い者にでもするように聞こえるよ」

「おれァ、そんなつもりはなかったんだが」

源次は頭を掻《か》いて、もごもごと言い訳した。

「わたしは二度ほど、およしの話を聞いたんですよ」

「そいつァ、例の聞き屋をなすっている時のことですかい」

「ああ、そうだ。およしは飴が間に入って、どうやら吉原の小見世に売られるらしい」

「可哀想《かわいそう》に」

おりきは前垂れで眼を拭った。

「三番目の倅《せがれ》が茅場町でうちの出店をやっているのはご存じでしょう？」

「へい。富蔵坊ちゃんは若ェのに大したものだと、うちの奴と感心しておりやす」

「そこにいる女中が嫁に行くことになったんで、およしを雇おうかという気になりました。吉原よりいいでしょう。しかし、岩吉さんの借金がどれほどのものか見当がつかない。仕度金程度の額なら、こちらが何してもいいのですが」

「鯰が中に入っているなら、奴はおよしを売った金の中から、幾らか貰う魂胆ですぜ。太ェ《ふて》野郎だ」

源次は不愉快そうに吐き捨てた。

「そのくせ、わたしには、借金をきれいにしてやってはどうかと持ち掛けましたよ。その時は、そんなつもりはないと蹴《け》りましたが」

「賭場で借金したと言っても、せいぜい十両がいいところだ。だが、それに利子をつけりゃ、途方もない額になる」

「頭、何んとか手立てはないものでしょうか」

「どこが胴元なんだろうな。おれの知った顔ならうまく話もつけられるが」

「頼みますよ、頭」

与平は頭を下げた。

「ようがす。ちょいと調べておきやす。だが大旦那、聞き屋の客にいちいち情けを掛けていいんですかい」

源次は心配そうな顔で訊いた。

「この度は特別ですよ。およしがあんまりいい娘《こ》なもので、不憫《ふびん》で仕方がない」

「よかった、およしちゃん。地獄に仏とは、このことですよ」

おりきは胸を押さえる仕種をしながら言った。長兵衛の思う壺《つぼ》になるのは癪だが、およしをこのまま放っておくことはできなかった。

六

「ご隠居、余計なことをしてくれたじゃねェか」

三月も晦日《みそか》の一日だけを残して過ぎようとしていた。もうすっかり春めいて、夜風がむしろ快い。星が滲《にじ》んだような光を放っていた。

だが、与平の前に座った長兵衛の赤ら顔には怒りが漲《みなぎ》っていた。

「何んのことですかな」

与平は何気ないふうを装って訊く。

「とぼけるな。およしのことだよ。お前ェさんが、に組の頭に口を利いて、岩吉の借金をきれいにしたというじゃねェか」

「いけませんか」

「お前ェさんは、およしに金を出す義理はねェと言ったはずだぜ」

「気が変わったんですよ。ちょうど女中を一人、雇いたいと思っておりましたので」

「ふん。胴元の足許《あしもと》を見やがって、三十両を十八両まで値切るとは、大したもんだ」

「岩吉さんの借金は十二両でしたよ。この半年足らずの間に倍以上になるのは、幾ら何んでもひどい。ま、妥当なところで手を打って貰ったまでです」

「吉原の遊女屋は、話が違うとおれに喰って掛かった。およしの母親も承知で、すっかり片がついていたんだ。それをよくも引っ繰り返してくれたもんだ」

「やはり、親分が間に入っていましたか。いや、そうじゃないかと、内心では思っていたんですよ」

「おれ達の商売《しょうべ》ェはな。お上から給金をいただいている訳じゃねェ。八丁堀の旦那から、ほんの足代をあてがわれるだけだ。おれには女房もいりゃ、倅も孫もいる。奴等を干乾《ひぼ》しにゃできねェ。十手を預かっていると言ってもな、きれい事ばかりじゃ、おまんまは喰えねェのよ」

長兵衛はいら立った声を張り上げた。

「だからって、女衒《ぜげん》の真似《まね》まですることはないでしょう」

「手前ェ、言わせておけば」

長兵衛の顔に朱が差した。与平は机の下で拳《こぶし》を握り締めた。だが、長兵衛は手荒な行動には移らなかった。気を鎮めるように吐息をついてから、「仁寿堂が神田明神下から米沢町に移って来たのは、確か、店が火事で焼かれたからだったな」と、話題を変えるように言った。

「はい。さようでございます」

「先代は、そこで番頭をしていた。そうだったな？」

「はい……」

「先代は店が焼けて、ほっとしたんじゃねェのかい」

「………」

「その時の仁寿堂は今と違い、借金でにっちもさっちもいかなかったと聞いたからよ」

「確かに」

「青物市場から火が出た時、先代はついでに店に火をつけたんじゃねェのかい」

「幾ら親分でも聞き捨てならない台詞だ。死んだ親父が草葉の陰で腹を立てております よ。いい加減にして下さい」

与平は、声を荒らげた。

「おれの考えじゃねェ。うちの親父が言っていたことだ。親父はあの火事についちゃ、長《な》げェこと腑《ふ》に落ちねェ気持ちでいたのよ」

「どうしてでしょう。あの火事で誰も得した者などおりませんよ」

「先代以外はな」

「………」

「神田明神下の地代は、当時、幾らだったかな。店の借金をきれいにしても十分におつりがきたはずだ。おまけに火事の見舞金が集まった。焼け死んだ先々代の香典も集まった。とり仕切ったのは、皆、先代だ。つまり、ご隠居のお父っつぁんってことだ」

「それだからって、親分に四の五の言われる筋合はありませんよ。済んだことは言わないで下さい。およしの一件がうまく運ばなかったからと言って、わたしに八つ当たりすることはないでしょう」

「まあ、いいだろう。だが、おれは執念深い男だぜ。きっと尻尾《しっぽ》を摑《つか》んでやる」

「尻尾なんてありませんよ。狸《たぬき》でもあるまいし」

長兵衛は与平の軽口に腰掛けを蹴り飛ばした。それから不愉快そうに唾《つば》を吐いて、ようやく引き上げた。

与平はゆっくりと立ち上がり、一間も飛んだ腰掛けを元に戻した。

「小父さん……」

背中で心細いような声が聞こえた。振り向くと、およしが立っていた。

「あの親分、なかなか帰らないのでいらいらしちゃった」

「わたしもいらいらしたよ」

「小父さん、甘酒を持って来たの。飲んで」

およしは大ぶりの湯吞を机の上に置いた。

「やあ、こいつはありがたい。ちょうど喉《のど》が渇いていたところだ。茶を飲むと眠られなくなるんで、甘酒なら大歓迎だ」

「あたし、明日でお店を辞めるの」

およしは、やや真顔になって言った。

「そうかい」

「それで、今度は茅場町の生薬屋さんへ住み込みで働くことになったの」

「よかったね。向こうの若旦那には会ったかい」

「ええ。三日ほど前にご挨拶《あいさつ》に行ってきました。でも、若旦那は、あまりあたしをお気に召さないご様子でした。でも、あたしは、そこで働くしかなかったから、どうでも働かせて下さいって頭を下げたの。若旦那は渋々、肯いてくれたの。お店を出た時は、ほっとして汗が出たのよ」

富蔵の仏頂面が目に浮かんだ。自然に笑いが込み上げた。

「小父さん、顔を見せて」

およしは切羽詰まった声で言った。

「顔なんて見てどうするんだ」

およしの意図がわからなかった。だが、およしは執拗《しつよう》に顔を見せろと縋《すが》った。与平は観念して笠を取った。見つめるおよしの眼に膨れ上がるような涙が浮かんだ。

「やっぱり……」

くぐもった声で言う。

「何が、やっぱりなんだい」

「小父さんは若旦那のお父っつぁんなのね。あたしを助けてくれたのよね」

「どうしてそう思うんだい」

「だって、小父さんの顔、若旦那とそっくりなんだもの」

「………」

「このご恩は決して忘れません」

「礼はよしてくれ。あんたがあんまりいい娘だから放《ほ》っとけなかっただけだ。茅場町の店で一生懸命働いてくれたら、それでいいんだよ」

「おっ母さんは昼の仕事にして貰ったの。弟や妹には、おっ母さんが帰って来るまでちゃんと留守番できるように仕込むつもり」

「そうかい。それは殊勝な心掛けだ」

「もう小父さんに話を聞いて貰えないのが、少し残念だけど」

「わたしも残念だよ。およしがやって来るのは楽しみだったからね」

「小父さん……もう、小父さんと気軽に言ってはいけないのよね。大旦那様って言わなきゃ」

「ここでは、ずっと小父さんでいいよ」

「ありがと。あたし、とても倖せ。今まで、ちっともいいことはなかったけれど、これからは小父さんが傍《そば》にいると思えば心強いの。でも……」

「でも何んだい」

与平はさりげなくおよしの話を急《せ》かした。

「いつまで小父さんは聞き屋をするの」

「さあ、いつまでかな。病になったら、とてもできないだろうし」

「あたし、小父さんに助けられたから言う訳じゃないけど、小父さんに話を聞いて貰っている間、いやなことは忘れられたの。きっと他の人もそうじゃないかと思って」

「そうかい？　わたしに胸の内を明かして、気が楽になるのなら、わたしも聞き屋冥《みょう》利《り》に尽きるというものだ。それこそ、わたしが聞き屋を始めた理由だから」

「だから、身体に気をつけて、いつまでも聞き屋をしてね」

およしは名残惜しそうに立ち上がると、深々と頭を下げた。その仕種は大人びていた。

「じゃ……」

およしは短く言って去って行った。

およしの持って来た甘酒はぬるくなっていた。甘酒屋から買い求めたのだろう。値《あたい》は四文だ。だが、今のおよしには貴重過ぎる四文だ。与平はゆっくりと口に運んだ。

およしの肌の匂《にお》いのような甘酸っぱい香りが口中に拡がった。飲み下すのが惜しいと思った。

徳市の笛の音が近づいてくる。今晩は早仕舞いだろうか。客が思うようにつかなかったら、おせきの肩でも揉ませようかという気になった。徳市は小粒の歯を見せて笑うだろう。

両国広小路は藍を流したような闇《やみ》に包まれていた。大川から吹いて来る川風が与平の頬《ほお》を嬲《なぶ》った。もうすぐ四つ（午後十時頃）。聞き屋も店仕舞いの時刻になる。

どくだみ

一

路上で商いをする者は天候に左右される。

聞き屋の与平も雨の日は休みにしている。

梅雨《つゆ》の頃は、ずい分休んでしまった。ようやく梅雨が明け、落ち着いて客を待とうかと思ったが、今度は夏の暑さが容赦なく与平を襲う。加えて大川の川開き、花火大会などの行事が続いて両国広小路近辺は、いつもより格段に人出が増え、与平の客も、ひやかしが多かった。

いっそ、夏の間は休んでしまいたかったが、それでは当てにしてやって来る客ががっかりするだろう。与平は毎月五と十のつく日の夜に聞き屋をしている。一晩で十人ほどの客の話を聞く。月に換算すれば約六十人。一年で約七百人だ。聞き屋を始めて三年が経つので、のべ二千人の様々な話を聞いたことになる。その中で、与平は特に心に残った話を帳面に書き留めていた。休んだために貴重な話を聞きそびれるのは惜しい。

足腰が立たなくなって聞き屋をやめた時、与平はその帳面を読み返そうと思っている。

周りの人間は、聞き屋を与平の酔狂な暇潰《ひまつぶ》しと考える者が多い。与平は、ただ人の話を聞く。それ以上でも、それ以下でもない。強《し》いて言うなら、与平は様々な人の話を聞くのが好きなのだ。好きだから三年も続けられたのだし、これからも続けられるだろう。

銭が目的ではないので、聞き料は客に任せている。只《ただ》でも構わなかったが、最初から只というつもりもなかった。そこは長年、商人として生きて来た与平の習性であろう。

聞き屋で得たものは女房のおせきに預けてある。聞き屋をやめる時、自分のためではなく、何か他人様《ひとさま》のためになることに遣おうと考えていた。それも与平の楽しみだった。

客の中には思わぬほど多い聞き料を置いて行く者がいた。そんな時、界隈《かいわい》を縄張りにする鯰《なまず》の長兵衛という岡っ引きが決まって現れ、掠《かす》りを要求した。

後で意地悪をされるのもばかばかしいので、与平は黙って幾らか渡す。長兵衛は卑しい笑みを浮かべ、「こいつはどうも」と言いながら、袖《そで》に銅銭を落とし込むのだ。

その夜、与平に聞き料を弾んだ客は大店《おおだな》の主《あるじ》という感じの四十がらみの男だった。大川で涼み舟を仕立て、取り引き先を接待したと言っていた。

男の口ぶりには自慢気なものが大いに感じられた。芸者も何人か呼び、さんざん騒いで帰る途中、与平の前で足を止めたのだ。机に掛けた白い覆いにある「お話、聞きます」の文字に誘われたらしい。傍《そば》には小僧が眠そうな顔で寄り添っていた。

「お話、聞きますとは、どういうことかね」

男は最初、興味深そうに訊《き》いた。

——お客様のお話ならどんなことでもお聞き致します。

与平は慇懃《いんぎん》に応《こた》えた。深編み笠《がさ》の笠越しに男の恰好《かっこう》を一瞥《いちべつ》すると、着物も帯も上物で太い商いをしていることが察せられた。

「おもしろい。一つ、わたしの話を聞いて貰《もら》おうか。幾ら払えばいいんだい」

——それはお客様のお志で結構でございます。

「何んだ、決まっていないのかい」

——お客様によっては様々な事情がございます。一概《いちがい》には決められませんので。

「そいじゃ、只のこともあるのかい」

——はい。

「まるで寺の坊主にやるお布施《ふせ》だね。しかし、気に入った」

男はそう言って、薄物仕立ての羽織を脱いだ。小僧が慌ててそれを受け取った。じっとしていても、こめかみから汗が伝う蒸し暑い夜だった。男は羽織を脱いでも、まだ身体《からだ》がほてっているらしく、着物の裾《すそ》を膝《ひざ》までたくし上げた。

お布施……与平は男の言葉を胸で反芻《はんすう》した。聞き料は人相見の見料とは違う。決まった値段などつけていないから、お布施に一番近いかも知れない。

男は酒臭い息を吐きながら、その夜の首尾を話した後、自分が十歳《とお》の時から商家に小僧奉公に出て、手代、番頭と出世し、ついには暖簾《のれん》分《わ》けされて主になった苦労話を滔々《とうとう》と語った。

――ご苦労なさいましたな。

与平はおざなりに応えた。生きて行くために苦労はつきものだ。不思議なことに誰でも自分ほど苦労した者はいないと思いたがる。

その男もそうだった。自分の苦労話は読本《よみほん》にできるほどだと豪語する。与平は内心で読本の作者が聞いたら苦笑するだろうと思った。

その程度の苦労、その程度の波乱の人生など世の中にはごまんとある。それでも人は自分こそ特別な人生を歩んでいると思いたいのだ。この三年、聞き屋をして与平が学んだ人の心のありようだった。まあ、それだからこそ、人は苦労を乗り越えて生きて行けるのかも知れないが。

男は、自分の言葉に酔い、仕舞いには感極まって咽《むせ》び泣く始末だった。やれやれと与平は短い吐息をついた。傍にいる小僧に目を向ければ、小僧も、そっと欠伸《あくび》を洩《も》らしたところだった。その話なら百万遍も聞いたという表情だった。

「ところでな、聞き屋さん。一つ相談がございます」

男は泣き終えて、さっぱりした顔で言う。

――はて、今や順風満帆のあなたが、路上の聞き屋に何んの相談があるのでしょうか。与平は怪訝《けげん》な気持ちで訊いた。

「せっかく築いた店だ。これからますます守り立ててゆきたいのです。ところが倅《せがれ》が頼りなくて、わたしは大いに悩んでいるのですよ。長男は引っ込み思案、次男は遊び人で、ろくに家にいたためしがありません。わたしは……お恥ずかしい話、面倒を見ている女がおります。そちらにも年頃の倅がおります。この倅が存外にしっかり者で、それに店を任せたら将来は安泰というものでしょうが、そうなると女房と二人の倅は黙っておりますまい。どうしたらよいものでしょうか」

与平にとっても難しい問題だった。しかし、下手《へた》なことを言って、家庭騒動を起こさせたくもない。しばらく思案した後、与平は口を開いた。

――あなたはまだお若い。跡継ぎを慌ててお決めになるより、当分、あなたがお店をとり仕切ればよろしいでしょう。その内にご長男さんもしっかりしてきますでしょうし、ご次男さんの遊びも止《や》むかも知れません。

我ながらうまい返答になったと思う。男は納得したように肯《うなず》き、与平の前に小粒（一分金）を置いた。

――お客様、こんなにはいただけません。

「いやいや。あんたもその年で、こんな商売をしているんだ。黙って取っておきなさい。銭は邪魔になるものでもなし」

　――…………。

　男は腰掛けから立ち上がる時、少しよろめいた。小僧が慌てて腕を取る。存外に気の利く小僧に思えた。

「小僧さん、無事に旦那様《だんなさま》をお店に連れて帰って下さいよ」

　与平は小僧に声を掛けた。小僧はつかの間、与平を見つめ「はい。通りに出て辻駕籠《つじかご》でも頼みます」と殊勝に応えた。

「そうだね。旦那様は少しお酔いになっていますから、その方がいいでしょう」

　与平も小僧の意見に賛成した。年の頃、十二歳ほどだろうか。手足が細く、酔った男を支えるには頼りない気がした。

　小僧は歩き出して何度か与平を振り返った。

　自分も何か話したいことがあって、与平に未練を残しているふうにも見えた。

　本当は、そんな小僧の話こそ与平は聞きたいと思った。江戸者なのか、それとも在所から出て来たのか。何が楽しみで何が辛《つら》いのか。母親の話、きょうだいの話、奉公に上がる前は何をして遊んでいたのか、とか。

　しかし、小さな背中はすぐに与平の視界から遠ざかり、やがて夜の闇《やみ》に紛れてしまった。

「ご隠居」

長兵衛が嬉《うれ》しそうに与平の前に座った。

「今の男は、確か裏南茅場町《うらみなみかやばちょう》の『田島屋』という店の主だったな。木綿反物を扱っている店だ」

裏南茅場町は仁寿堂の出店の近くにある町だった。

「ほう、よくご存じで。さすが岡っ引きの親分だ」

「なあに。田島屋は日本橋の『越後屋《えちごや》』から暖簾分けされた店だ。結構、太い商いをしていると評判だぜ」

「さようですか」

「長々と話をしていたな。その様子じゃ祝儀もさぞかし弾んだことだろう」

長兵衛の言葉で与平は黙って銅銭を握らせた。長兵衛はひょいと肩を竦《すく》めた。もう少しほしいような顔だったが、与平は無視した。調子に乗るとつけ上がる男だった。田島屋の主はお布施と言ったが、長兵衛にとってはご祝儀だ。同じ銭でも受け取り方で違ってくる。

「ご隠居。おれはたかりじゃねェぜ。ちゃんとご隠居の身の周りには目を配っているんだ。やくざ者に取り囲まれたら、ご隠居なんざ、すぐに吹っ飛ばされてしまう。そうならねェように気をつけてやっているのよ。ま、これは用心棒代だな」

長兵衛はとり繕うように言う。

「それはおおきにありがとうございます」

与平は殊勝に応えたが、両国広小路界隈で騒ぎが持ち上がれば、近所はすぐに気づいて与平の家の者に知らせるだろう。家には住み込みの奉公人もいる。長兵衛が心配するようなことは万に一つもないのだ。

長兵衛は与平に幾らか貰ったので、その夜は憎まれ口を利くこともなく、おとなしく引き上げた。

四つになると、与平は後ろの通用口を開け、中に机や腰掛けを引き入れた。女房のおせきが勝手口の戸を開けて、与平に手を貸す。先に寝ていろと言っても、決してそうしない。いつも与平が床に就くまで、あれこれ世話を焼いてくれる。

面と向かって礼を言ったことはないが、与平は、おせきに感謝していた。

「本日はいかがでした」

寝間着に着替えた与平に、おせきはいつものように訊いた。

「まあ、さほど悪い話はなかったよ」

「よろしゅうございましたね。幾ら聞き屋でも悪い話はなるべく耳にしたくありませんものね」

おせきの言葉に与平は鼻先で笑った。茶は眠れなくなるので、与平は白湯《さゆ》を飲んで蒲《ふ》団《とん》に身体を横たえた。眼を閉じると、田島屋の小僧の小さな背中が甦《よみがえ》った。明日の朝は、さぞ眠いことだろうと思った。与平も薬種問屋に住み込み奉公をしていた経験がある。その頃は腹が減るより、朝が早いのがこたえたものだ。存分に眠りたいと、いつも思っていた。

与平は子供の頃の自分に、あの小僧を重ね合わせていたのかも知れない。

二

両国広小路には大川に沿って髪結床《かみゆいどこ》が軒を連ねている。手間賃が安いので、その髪結床を利用する客は多い。

「千床《せんどこ》」は両国橋の橋際の角地にある髪結床だった。葦簀《よしず》張りの粗末な見世《みせ》で、開け放した障子には丸に千の字が大きく書かれていた。寝泊りできる部屋はないので、別に塒《ねぐら》があるのだろうと与平は察しをつけている。もっとも、両国広小路は、たいていは住まいがつかない床見世《とこみせ》ばかりだ。

千床の主は三十前後の千蔵《せんぞう》という男だが、さして年の違いのなさそうな下剃《したぞ》り（徒弟）を三人ほど置いている。

この千蔵が掏摸《すり》の親玉であることは長兵衛から聞いて知っていた。髪をやりに来た客の懐を狙《ねら》うのではなく、広小路の懐が膨らんでいそうな通行人が目当てだった。

気をつけて見ると、日中、下剃りの姿が時々消えるのがわかる。髪結床は千蔵の仮の商売だった。しかし、髪結いの腕はいいと評判で、見世は結構、繁昌《はんじよう》している。与平は危ない橋を渡るより、髪結床の商売に身を入れたらいいと思っているが、千蔵にすれば、みみっちく手間賃を稼ぐより片手技で大金を手にする方が手っ取り早いと考えているようだ。

その千蔵が聞き屋の客になるとは夢にも思わなかった。

蒸し暑さが衰えないある夜、千蔵は単衣《ひとえ》の袖をたくし上げ、団扇《うちわ》を使いながら与平の前を通り掛かった。千蔵は一人だった。近くの居酒屋で一杯引っ掛けて塒に帰るところでもあったのだろう。

「いいかい」

千蔵は腰掛けに手を触れながら訊いた。

――どうぞ。

与平は千蔵だとすぐに気づいた。内心では緊張していたが、何事もないふうを装って応えた。

「お前《め》ェさん、仁寿堂の隠居だったよな。隠居が酔狂なことを始めたと、前々から聞いていたよ」

──畏《おそ》れ入ります。

「おれァ、打ち明け話なんざ、性に合わねェ。手前《てめ》ェのことは手前ェで落とし前をつける。まかり間違って、両手が後ろに回ってもよ、それは誰のせいでもねェ。手前ェがドジを踏んだからだと腹ァ、括《くく》る覚悟でいる」

千蔵は、いつかお縄になるのではないかと考えているようだ。片手技に自信はあっても、風の吹きようでどうなるかわからない。それは掏摸に限らないだろう。

──親方は、それではどういうおつもりで、ここへお座りなさった。

「ああ。実はな、巾着《きんちゃく》を拾ったんだ」

──……………。

与平は、拾ったのではなく、掏《す》ったのだと予想はついたが、わざわざ、そう言った千蔵に怪訝な思いがした。浅黒い肌をしていて、眼に独特の光がある。ある意味で男前だ。

「なに、中身は空よ。お足なんざ一文も入っちゃいねェ。だがよ、手紙が入っていた。下手くそな字で、藪入《やぶい》りには帰ります、ってな。飛脚にでも頼むつもりで入れていたんだろう。巾着はよく見ると母親の手作りみてェでよ、神社のお守りが縫いつけてあった」

与平は竹筒に入れていた麦湯を湯呑《ゆのみ》に入れて男に差し出した。おせきが井戸に吊《つ》り下げて冷やしたものだ。この暑さでは、とうにぬるくなっているだろう。だが千蔵は、うまそうにひと息で飲み干した。

「この麦湯には茶葉の他に何か入っているのかい？　やけに喉《のど》ごしがいい」

――いえ、どこにでもある麦湯だと思いますよ。

「お前ェさんが拵《こしら》えたのかい」

――まさか。女房ですよ。

与平は苦笑しながら応えた。

「いいかみさんだな。おれには、そんな気の利いた者はいねェ。ま、いたら、いっそ、気の毒というものだが」

――それで、親方はその巾着をどうなさるおつもりですか。

与平はやんわりと千蔵の話を急《せ》かした。

「うん……できれば返《けえ》してェと思っているのよ」

与平は「泥棒の帰りに丸い月を褒め」という戯《ざ》れ句《く》を思い出した。悪事を働いた後の緊張が解《ほど》けると、やけにお月様がきれいに見える。「いい月だなあ」と、人心地がついて思わぬ褒め言葉が出る。人の気持ちの矛盾をついた句である。千蔵は恐らく、そんな心境でもあったのだろう。

千蔵に仏心を起こさせたのは拙《つたな》い手紙と手作りの巾着のせいだろうか。それとも、本当に、中空にぽっかり浮かんでいる月のせいか。与平も青白い月を、つかの間、見上げた。

「どうしたらいい」

千蔵は黙っている与平に訊く。

――さて、それは。落とし主に心当たりでもあるのなら別ですが。

「お店《たな》の小僧だ。十歳かそこらの。いや、おれは見た訳じゃねェ。近所の水茶屋《みずぢゃや》の女がそうじゃねェかと言っていたのよ」

千蔵は早口に続けた。

――しかし、江戸には、商家に奉公している小僧は掃いて捨てるほどおりますよ。それを探し当てるのは至難の業だ。

「だな」

千蔵は意気消沈した声で相槌《あいづち》を打った。

――広小路を通り掛かった小僧ですかな。

「ああ」

――それでは、またやって来ることは、考えられないことでもありませんね。

「多分な」

――その時、目につく所にそれを飾っておいたらどうです。親方は広小路のよい場所に床を構えていらっしゃる。葦簀にでも括《くく》りつけておいたらよろしいのじゃないですか。

その拍子に千蔵の表情が輝いた。そうだ、それは名案だと大きく肯く。

「ありがとよ。これで少し、気が楽になった。少ねェが取ってくれ」

千蔵は波銭《なみせん》をざらりと机に放ると、着物の裾を片手で捲《めく》り、威勢よく引き上げて行った。

波銭が月の光を受けて青白く見えた。掌《て》で掻《か》き集めようとした時、強《こわ》い毛に覆われた腕が、にゅっと伸びた。鯰の長兵衛だった。

「鼻が利く人だ。わたしが珍しくお足を手にすると親分は決まって現れる。銭の匂《にお》いを嗅《か》ぎ分けるコツでもあるのですかな」

与平はちくりと皮肉を込めた。

「堅いことは言いっこなしだぜ」

与平は仕方なく波銭を三つばかり長兵衛に渡した。

「あの巾着《きんちゃ》っ切《き》りはお前ェさんに何を話したんで？」

「それは親分でも申し上げられません。聞き屋の客は切ない胸の内を明かすのがおかただ」

「巾着っ切りに、人並に切ねェ話があったのかい。こいつは畏れ入る」

長兵衛は与平に皮肉を返した。

「ありましたとも。まあ、お話ししても親分に納得できることではありませんが」

「ふん、どうせ埒《らち》もねェことに決まっている」

長兵衛は悔し紛れに吐き捨てる。

「親分でもお縄にできないとは、相当にあの人の腕は立つようですな」

「巾着っ切りが一番手ごわいのよ。何しろ現場でとっ捕まえねェ限り、証拠が挙がらねェからよ」

「ほうほう」

「すわ、掏ったと捕まえてもよ、財布は仲間に渡った後というのがおおかただ」

長兵衛はいまいましそうな顔で言う。

「なるほど。仲間に繋《つな》ぎをつける前に捕まえるしかないのですか。しかし、それは親分には難しい……」

「あいつ等《ら》のやり方は、まるで手妻《てづま》よ。素人があれこれ策を弄《ろう》したところで歯は立たねェ」

「それでは、巾着っ切り上がりの子分でも雇うしかありませんね」

そう言うと、長兵衛はにやりと笑った。

「ご隠居、年の割に頭が働くじゃねェか。おれも、ふとそう思ったのよ。役立たずの子分なんざ、お払い箱にして、巾着っ切り上がりでも雇った方がよほどいい。おれは、あの千蔵をいつか、しょっ引きてェと考えている。そのためには、色々、巾着っ切りの手管《くだ》を覚えておかなきゃな。首尾よくいったあかつきにゃ、八丁堀の旦那から大枚の褒美がいただけるというものだ」

何んでも金目当てでものを考える長兵衛に、いい加減、与平はうんざりだった。

「さて、今夜はこの辺でお開きとしますかな」

与平は独り言のように言って腰掛けから立ち上がった。

「あい、ご苦労さん」

長兵衛は機嫌よく与平の労をねぎらった。

青白い月の光が長兵衛の頭を照らしていた。

白髪一本もない長兵衛の髪が、光の加減で一瞬、真っ白に見えた気がした。この男の髪が本当に真っ白になった時、自分は生きているだろうかと、ふと思った。恐らく、その前に早々とお陀仏《だぶつ》になっているに違いない。そう考えると、残された時間が途端に短く感じられた。

もっと話を聞かなければならない。もっと。

冥土《めいど》の土産《みやげ》にするには、まだまだ足りない。

与平はそんなことを思いながら店仕舞いした。

三

八丁堀の表南茅場町には仁寿堂の出店《でだな》がある。その出店は与平の三男の富蔵に任せている。

出店の品物はすべて米沢町の本店《ほんだな》から運ぶ。その日、仕入れに訪れたのは番頭ではなく、女中のおよしだった。

本店の番頭に書き付けを見せ、品物を揃《そろ》えて貰っている間、およしは店座敷の片隅でじっと座って待っていた。

与平は両国広小路を散歩して戻ったところでおよしに気づいた。与平は散歩がてら千床の様子を見に行ったのだ。与平の言葉通り、千床の葦簀には藍木綿《あいもめん》の巾着が括りつけられていた。早く持ち主の小僧が気づいてくれたらいいが、と与平は思った。

「およしじゃないか」

与平が声を掛けると、およしはぱっと振り返り、笑顔になった。

「大旦那様、お久しぶりです」

およしは三つ指を突いて丁寧に頭を下げた。

「元気でやっていたかい。辛いことはないかい」

与平は里帰りした娘を見るような感じで訊いた。およしは以前より、少し大人びて感じられた。十六の娘盛りだ。しばらく見ない間にずい分、成長したような気もする。

「辛いことなんて、これっぽっちもありませんよ。若旦那様も番頭さんも、とってもよくして下さいます。皆、大旦那様のお蔭《かげ》です」

「なに、わたしは何もしていないよ。今日は暑いところご苦労だったね。善助《ぜんすけ》は掛け取りにでも出ているのかい」

与平は出店の番頭のことを訊いた。

「番頭さんは夏風邪《なつかぜ》を引いてしまったんですよ。それであたしが代わりにお使いに来たんですよ。大旦那様もお年ですので、お身体にはくれぐれもお気をつけて下さいまし」

「おやおや、久しぶりに会ったと思ったら、途端に年寄り扱いするのかい」

「そんな。そんなつもりはありませんけど」

およしは慌てて言い繕う。その表情がおかしくて与平は朗らかな笑い声を立てた。

「あの、大旦那様……」

およしは周りを気にしながら声をひそめ、「まだ、聞き屋をなさっておりますよね」と、確かめるように訊いた。本店で与平に会ったら、真っ先に訊きたかったという感じに思えた。

「ああ。まだやっているよ。他にすることもないんでね。どれ、まだ時間が掛かりそうだから、内所《ないしょ》（経営者の居室）で茶でも飲みながら待つといい」

「でも、大旦那様。あたしはお客じゃありませんから、呑気《のんき》にお茶なんて……」

およしは遠慮する。

「いいんだよ」

与平は鷹揚《おうよう》に言っておよしを内所に促した。

およしは以前に与平の客だった。およしの話を聞くのは楽しみだった。与平に娘がいないせいかも知れなかった。そのおよしを、ひょんなきっかけから女中に雇うことになったのだ。およしは大層、喜んでいた。

内所ではおせきが座っていた。長男の嫁は子供を連れて実家に遊びに行っていたので、内所はいつもより静かだった。

おせきはおよしに寒天で拵えた菓子を出し、冷たい麦湯も振る舞った。

「富蔵が無茶を言ったら、すぐに知らせるのですよ」

母親にとって、末っ子はいつまでも心配なものなのだろう。

「大丈夫ですよ、大お内儀《かみ》さん。若旦那は分別がおありになる方ですから」

およしはおせきを安心させるように応えた。

「およし、お世辞がうまくなったね」

与平はからかうように言う。

「そんな……」

およしは照れて俯《うつむ》いた。

「あっちの様子はどうだい」

与平は出店のことを訊いたつもりだったが、およしは周辺の町の人々のことを話し出した。

「夜はここと違って静かですよ。場所柄、八丁堀のお役人もよく見かけます。近所にはお店も並んでいるので、今の時季、仕舞い湯に行って来た女中さんや手代さんが床几《しょうぎ》に座って涼んでいることが多いのです。でも、皆、何んとなく手持ち無沙汰《ぶさた》のように見えて。だからあたし、大旦那様がたまに聞き屋をして下さらないだろうかと思ったりします」

「茅場町で？」

「ええ。あちらのお店は本店より狭いですけれど、表通りに面しているので、人通りも結構あるのですよ。お店を閉めた後で、聞き屋をなさればよろしいかと」

「およしは、うちの人の贔屓《ひいき》だったから、そんなことを言うのね。米沢町は五と十のつく日が聞き屋をすることになっているから、それ以外の日なら構わないのじゃないかえ」

おせきはすぐに賛成した。

「忙しいことになるね」

与平は即答しなかったが、内心では月に二度ばかりなら表南茅場町に泊まって聞き屋をするのも悪くないと思っていた。所変われば品変わるのたとえもある。表南茅場町には米沢町の客とはひと味違う客が待っているかも知れない。

与平が少し気を引かれたと察すると、「是非、そうなさって下さいまし」、およしは熱心に勧めた。

およしは与平が表南茅場町で聞き屋をすることを前もって富蔵に話していなかった。忙しさに紛れて、うっかり忘れてしまったのだろう。

いざ、その段になって与平が出店を訪れると、「おれは聞いていないよ」と、富蔵は臍《へそ》を曲げた。仕舞いにはおよしを泣かせる破目となった。

「まあ、そう怒りなさんな。お前がどうでも不承知なら無理強いはしないよ。だが、せっかくここまで来たんだから、今晩と明日の晩ぐらいやらせてくれ。後は仕舞いにするよ」

与平は富蔵に言った。

「別に親父《おやじ》のやることに反対はしないよ。だけど、この店の主は一応、おれだ。筋《すじ》は通して貰いたいのさ」

与平によく似た顔の富蔵はそう応えた。

「そうだね。およしに代わってわたしが謝るよ。堪忍しておくれ」

「お父《と》っつぁん、おれは別に……」

与平が本当に頭を下げたので富蔵は慌てた。

「全く、お父っつぁんはおよしに甘いんだから」

富蔵はぶつぶつ言ったが、晩飯の頃には、すっかり機嫌を直していた。

およしはかいがいしく与平の世話をした。

与平の好物のなす焼きを拵えたり、魚を焼いてもてなしてくれた。

晩飯が済むと、富蔵は湯屋へ行った。その後で友人がやっている小料理屋で飲むつもりらしい。

「あんまり酒を飲むんじゃないよ」

与平は父親らしく言う。

「一日終わった憂《う》さ晴《ば》らしさ」

富蔵は悪戯《いたずら》っぽく笑った。

およしは店の前に筵《むしろ》を敷き、納戸から古い文机《ふづくえ》と床几を運んだ。どちらも雑巾掛けしてあって、きれいだった。およしは床几に小座蒲団を置いた。それはおよしの手作りだった。小さな置《お》き行灯《あんどん》と机に掛ける覆いは米沢町から持って来た。

用意を調えると、与平よりもおよしが嬉しそうだった。

「お客様、来るかしら」

胸を弾《はず》ませて言う。

「どうだろうね。最初は様子を窺《うかが》う人の方が多いから、あんまり期待はできないと思うよ」

「それじゃ、あたしはお邪魔にならないように引っ込んでおります。何かご用がありましたら、お声を掛けて下さいまし」

「ああ」

与平は応えて、置き行灯の位置を直したり、煙草盆《たばこぼん》を手前に引き寄せたりした。

ぽつぽつ通り過ぎる人は興味深そうに与平を見る。

「お話、聞きます、だってよ」

連れに話し掛ける声も聞こえた。案の定、与平の前に座ろうとする者はなかなかいなかった。およしは何度も表戸から顔を出して様子を窺う。まるで、それは聞き屋を始めた頃のおせきとそっくりだった。

今夜はこれで仕舞いにするかと思った時、与平は、ふと独特の匂いを嗅いだ。

(どくだみ……)

与平は胸で呟《つぶや》いた。湿った所に生える草で、夏の時季は可憐《かれん》な白い花を咲かせる。

生薬名は十薬。その名の通り、幅広い効能がある薬草である。生命力が極めて旺盛で、空き地や道端でも見かける。だが、与平の目の届く所にどくだみの姿は見受けられなかった。

与平は店の横の小路にそっと視線を移した。すると、小さな人影が立っているのに気づいた。恐らく、その人影が立っている小路にどくだみが生えていたのだろう。どくだみは葉を踏みつけた拍子に匂いが強くなる。その匂いは草花のものというより、鉱物に近い。いい匂いとはお世辞にも言えないものだ。それが優れた薬草となるのだから天然自然の摂理は奥が深い。

「遠慮しなくていいよ。そんな所にいないで、こっちへ来て座りなさい」

与平は優しく声を掛けた。浴衣《ゆかた》姿《すがた》の少年がおずおずと与平に近づいた。置き行灯に照らされた顔を見た時、「あんたは確か、田島屋さんの」という言葉が出た。

大川で涼み舟を仕立てた主の伴《とも》をしていた小僧だった。

「はい。うちのお店はこの近くにあります。手代さんから仁寿堂さんの前で妙なことをしている人がいると聞いたものですから」

「すぐにわたしだと気がついたのかい」

「はい」

「あんたはなかなか勘のいい小僧さんだ」

「いえ……」

「わたしに話を聞かせてくれるのかい」

与平が訊くと小僧は居心地悪そうに俯いた。

「何んでもいいんだよ」

与平は竹筒に入った麦湯を湯呑に注《つ》いで小僧に差し出した。小僧は嬉しそうにこくりと頭を下げた。

「わたしは越後の小さな村で生まれました。田島屋は日本橋の越後屋から暖簾分けされた店なので、奉公人は本店に倣《なら》って越後出身が多いのです」

——なるほど。

田島屋の番頭が村を訪れた時、名主の薦《すす》めで江戸に奉公することになったという。江戸では多吉《たきち》と呼ばれているが、本名は多作《たさく》だった。

「江戸は賑《にぎ》やかな町ですけれど、わたしは、本当は国に帰って百姓をして暮らしたいのです。緑の田圃《たんぼ》がずうっと続いていて、そこで朝から晩まで働き、西の空が茜《あかね》に染まり、烏《からす》が巣に帰る頃、自分も家に帰るのです。帰り道にはこんもりとした小山があり、石段を上ったてっぺんには稲荷《いなり》の神社があります。村祭りの時は、それはそれは賑やかなものです。でも普段はひと気もなく静かです。その神社の前に来ると、わたしは決まって頭を下げたものです。家族がいついつまでも倖《しあわ》せに暮らせますようにって」

多吉は夢見るように故郷の様子を語った。

与平の脳裏にも平和な農村風景が拡がった。

「でも、もう帰れない。食べるのがかつかつの暮らしだったから、お父っつぁんは、わたしの奉公が決まった時、これで口が一つ減ったと、冗談でもなく言ってました。今でも、たまに手紙が来ると銭の無心ばかりです。生きているのがつまらなくなります」

その年で、もはや人生の無常を感じているのだろうか。与平は多吉が気の毒で胸が塞《ふさ》がった。

――それじゃ、奉公に上がってから一度も国へは帰っていないのだね。

「はい。越後は遠い国です。手代になって仕入れに同行させて貰えるようになるまで無理でしょう」

――そうかい……。

与平の言葉にもため息が交じった。

「傍に親がいる人はいいですよね。わたしは藪入りの時が一番辛い。どこにも行く所がないから」

――わかるよ、あんたの気持ちは。

「それで、わたしは……」

多吉はそこで口ごもり、俯いた。それから低く啜《すす》り泣いた。

――どうしたね。

「意地悪をしてしまいました」

――意地悪？

そう言われても与平には、とんと見当がつかなかった。

「わたしが話を聞いて貰いたかったのは、実はそのことなんです」

多吉は切羽詰まった顔でようやく言った。

――どんな意地悪をしたのだい。

「誰にも喋《しゃべ》りませんか」

多吉は念を押した。

――ああ。喋らないよ。

「お店には小梅村《こうめむら》から奉公に上がっている同い年の小僧がおります。そいつの母親が昔、田島屋に奉公していた縁で雇われたのです。そいつは、いつもわたしに自慢するのです。藪入りで家に帰ると、おっ母《か》さんがぼたいい餅《もち》を山のように作って待っていると。小梅村は本所の在だから、気軽に帰ることもできますが、わたしは無理です」

――そうだね。

「毎度毎度、自慢するのです。母親の手紙を見せたりします。わたしも自分に来た手紙を見せたかったけど、銭の無心ばかりの手紙ではとても……」

──そうだね。見せられないね。

「仕舞いには、わたしはそいつを憎むようにもなりました。それで、わたしは、そいつの巾着をこっそり盗んで道に捨てたんです。奴《やつ》は気がふれたみたいに泣きわめいておりました。いい気味だと思いました。だけど、時間が経つ内にいけないことをしたと後悔しました」

ふと起きた嫉妬《しっと》。与平は多吉を責める気にはなれなかった。

「銭なんて入っていないのは、最初《はな》っからわかっておりました。だけど、おっ母さんに宛《あ》てるつもりで書いた手紙とお守りが入っていたのには気がつきませんでした」

──それで、あんたはどうしたいと思っているんだい。

与平は試すように多吉に訊いた。

「できれば巾着を見つけて返してやりたいのですけど、無理でしょうね」

──もう、そいつに対する意地悪な気持ちはなくなったのかい。

「ええ……」

──偉いぞ。

そう言うと、多吉は驚いて与平を見た。

「偉くなんてありません。わたしは最低な男です」

多吉は自嘲的《じちょうてき》に吐き捨てた。

――本当に最低な野郎は、自分のことをそんなふうには言わないよ。あんたはまだ若い。これからだ。早く手代に出世して故郷に錦《にしき》を飾ることだ。あんたの両親は、十分にあんたに感謝しているよ。無心をするのは、やむにやまれぬ事情があるからだよ。今にきっといいことがある。国の神社の神さんが守っていてくれるよ。

「本当ですか」

多吉の表情が輝いた。

――ああ、本当だとも。藪入りの時に行く所がないのなら、米沢町の仁寿堂の本店まで出ておいで。わたしはそこにいるから。

そう言うと、多吉はつかの間、出店の軒看板をちらりと見た。

「聞き屋さんは仁寿堂さんと縁のあるお人なんですか」

――ああ。ちょいとね。

「本当に訪ねて行ってもいいんですか」

――ああ、いいとも。寄席《よせ》にでも連れてってやろう。その帰りに蕎麦《そば》でも喰《く》おう。

多吉の眼に膨れ上がるような涙が湧《わ》いた。

「ありがとうございます。本当に……」

――だから、自棄《やけ》にならずに働くのだよ。あんたの所の旦那は、結構できた男だよ。

「はい」

——ところでね、その巾着なんだが、ちょいと心当たりがあるんだよ。

与平は千床のことを思い浮かべて言った。多吉の顔が驚きの表情に変わった。

多吉は、さっそく同僚の小僧を連れて千床に行ってみると応えた。

晴れ晴れとした表情で帰って行く多吉の後ろ姿を与平は幸福な気持ちで見送った。

「大旦那様」

およしが控えめに声を掛けた。

「ああ。およし、もう仕舞いにするよ。すっかりくたびれてしまった」

「半刻《はんとき》（約一時間）も話していらっしゃいましたものね」

「富蔵はまだかい」

「若旦那のことは放《ほう》っておおきなさいまし」

およしは昔のおせきと同じ表情で応えた。

四

表南茅場町で、思わぬいい話が聞けたので、与平は月に二度ばかり、そちらでも聞き屋をすることにした。何よりおよしが喜ぶのが嬉しかった。

富蔵ばかりでなく、与平は本店の女中達にもおよしに甘いとからかわれた。

悪所《あくしょ》に売られようとしたおよしを与平は助けた。どうしてそんな仏心が起きたのか、自分でもわからない。強いて言えばおよしが時々、与平の前に座って話をすることが心地よかったせいかも知れない。

そういう話し方をする娘がすれっからしになるのはたまらないと思った。

多吉もそうだ。他人をねたんで大人になったとしたら、ろくな男にならない。

その前に、少しだけ情を掛けてやれば、とげとげした心は和《なご》むだろう。

そう考えると、今から藪入りの日が楽しみだった。

与平は毎日、両国広小路へ出かけ、千床の様子を窺った。多吉の話を聞いてから、葦簀に括りつけられている巾着が、いつ戻されるのかと気になって仕方がなかったからだ。

巾着はしばらく、そのままになっていたので、与平はやきもきした。これは多吉が、いざ同僚の小僧に話す時、気後れを覚えたものかとも考えたくなる。

だが、それから五日後、千床の巾着はようやく葦簀から外されていた。与平はほっと安堵《あんど》した。すると、千床に声を掛けずにはいられなかった。

千蔵は一人だった。珍しく客がおらず、千蔵は退屈そうに煙管《きせる》を使っていた。だが、与平に気づくと「おッ」という顔になり、ついで白い歯を見せた。

「巾着はようやく持ち主が現れたようだね」

与平も笑顔で千蔵に言う。

「へい、お蔭さんで。大層喜んでおりやした。おれも滅法界、いい気分でしたぜ」

「それは何よりだった」

「やはり、亀の甲より年の功というもんでさァ。ご隠居は伊達《だて》に年を取っていらっしゃいませんよ」

千蔵は冗談口を叩《たた》いた。

「年寄りをからかうもんじゃないよ。ところで、珍しく暇そうだね。下剃りの姿も見えないようだし」

一つ問題が解決すると、今度は下剃り達が、またぞろ片手技の稼業に励んでいるものかと心配になる。

「へい、ちょいと出払っておりやす」

千蔵はさらりと受け流した。

「そうかい……」

「ご隠居。お暇でしたら髭《ひげ》なんぞ当たっていきやせんか」

千蔵は商売っ気を見せて与平に勧めた。

与平はその拍子に自分の頬《ほお》を撫《な》でた。髭は若い頃のようには生えない。それでも、頬にざらりとした感触があった。

「そうだね。あんたがこの間、話を聞かせてくれた礼のつもりで、一つ、お願いしようか」

与平は掏摸の根城で髭など当たりたくなかったが、拒むのも気が引けて、店座敷に腰を下ろした。千蔵は、すぐさま与平の肩に花色手拭《はないろてぬぐ》いを掛けた。

「あの小僧の巾着に限らず、うちの見世の前で紙入れの類《たぐい》を拾うことはよくあるんですよ」

千蔵は与平の顔を湿しながら、そんなことを言う。

「ほう」

与平はとぼけて応える。

「中にゃ、相当に値の張るもんもありやす」

「中身はお寒いのに、紙入れだけは、やけに立派な物を持つ人がいるよ」

「たはッ」

千蔵は妙な声を上げて笑った。与平の話が受けたらしい。

「そういう時、あんたはどうするのかね」

与平はそう訊いたが、自然、千蔵の表情を窺う感じになった。千蔵は眼をしばたたいた。

「鯰の親分に渡しやす。ですが、あの親分のことだ。まともに持ち主を探すとは思えねェ」

「鯰がそれをどうするもこうするも、あんたが気に病むことはない」

「まあ、それはそうですが、大事な書き付けが入っていることもあるんですぜ」

「大事な書き付け？」

与平は、今度はまともに千蔵を見た。存外、眼に愛嬌《あいきょう》がある。

「そのう、沽券《こけん》とか……」

千蔵はおずおずと応えた。千蔵の心配はもっともだった。土地の売り渡し証ならば、それこそ沽券にかかわるというものだ。

「そりゃ大変だ」

「銭に区別はねェですけど、書き付けってのはどうもねェ」

千蔵は与平が考えているほど悪党ではないらしい。いや、でかい悪事ができないから姑息《こそく》な掏摸をするのが関の山なのだろう。

「そいじゃ、この間の小僧の巾着同様に葦簀に括りつけたらどうかね。なに、紙入れだけだよ。書き付けの方は、あんたが大事に預かっておけばいい。持ち主が現れたら、きっと喜んで礼を弾むだろう」

「紙入ればかり飾って変に思われやせんかね」

千蔵は妙に気にする。あんたの素性は、鯰はとっくにお見通しだよ、そんな言葉が喉元まで出ていたけれど、与平は堪《こら》えた。せっかくここまで与平に気を許しているのがふいになる恐れがあった。

「人のためにするんだ。傍《はた》のことなんざ、放っておけばいい」

「さいですか。やあ、これでまた、少し気が楽になった」

千蔵は嬉しそうに言い、与平の髭を手際よく剃った。千蔵は細くきれいな長い指を持っている。千蔵の指がこれほど長くきれいでなければ、掏摸にならずに済んだのではないか。与平はつまらないことを考えた。

「深く剃りやしたから、二、三日は保《も》ちやすぜ」

小半刻《こはんとき》（約三十分）後、千蔵は髭を剃り終え、与平にそう言った。

「ありがとよ。お蔭でさっぱりした」

「また来ておくんなさい」

「ああ。あんたもわたしを見かけたら声を掛けておくれ」

「へい！」

千蔵は張り切って応えた。その表情には邪気がなかった。

つるつるした顎《あご》を撫でながら与平は千床を出た。町内の内床より確かに腕はよい。十八文を置いてきたが、髪を結っても、それで間に合うらしい。内床は三十二文だから、相当に安い。今度から、たまに千床へ通うことにしようと与平は思った。

米沢町の仁寿堂へ戻ろうとした時、水茶屋の床几に座っていた初老の女が与平にこくりと頭を下げた。

与平も返礼したが、すぐには誰かわからなかった。

「お忘れですか、与平さん。無理もありませんね。こんなに年を取ってしまっては」

年の割に艶《つや》っぽい声を聞いて、与平は俄《にわ》かに思い出した。

仁寿堂の先々代の主、為吉の女房のおうのだった。

「お内儀さん、これはこれは。すっかりご無沙汰致しまして」

与平はとり繕うように慌てて応えた。

おうのと会うのは父親の葬儀以来だった。おうのは為吉が亡くなってから三人の子供を連れて蠟燭問屋《ろうそくどいや》の後添えに入った。そろそろおうのも還暦を迎える年頃だった。

「よろしかったら、お掛けになりませんか」

おうのは緋毛氈《ひもうせん》の床几から腰をずらした。

髪はすっかり白くなっていたが、きれいに撫でつけられており、鉄漿《かね》をつけた口許《くちもと》が艶めいていた。その割に着物と帯は何度も水をくぐったような感じに見えた。

おうのの横で、小女が無心に団子を頬張っていた。与平はすぐに家に戻りたかったが、愛想なしと思われるのもいやで一礼して腰を下ろした。

「髪結床から出ていらっしゃいましたね。あなたでも、こんな所で髪をお結いになりますの？」

　どうやらおうのは、千床から出た時から与平に気づいていたらしい。

「いえ、今日はたまたまです。暇なので髭を当たらせてくれとせがまれたものですから」

「まあ、そうですか。米沢町のお店は順調なご様子で結構でございますね」

「はい、お蔭様で」

「まさか、あそこまで店が大きくなるとは思いも寄りませんでした。皆、平吉の努力の賜物《たまもの》ですわね」

　おうのが父親の名を呼び捨てにしたことで、与平は俄かに背筋が伸びるような気がした。もはや仁寿堂とは縁のない人だが、おうのは父親が仕えていた人の女房だ。自然、下に見るようなもの言いにもなるのだろう。

「お内儀さんもお元気そうですね。坊ちゃんやお嬢さんはどうしていらっしゃいますか」

「長男はうちの店を引き継いでおります。二番目は養子に行きましたよ。娘もとっくに嫁いで、子供が三人おりますの」

　おうのはつかの間、口許をほころばせた。

「よろしゅうございましたね」

与平は如才なく応えた。

「あたしは今の主人の所へ後添えに入り、子供達を大きくしていただきましたよ。ええ、主人には感謝しております。でもね、蠟燭問屋と申しても、内証《ないしょ》は火の車で、あたしも苦労したものです。今だって仁寿堂の足許にも及びませんよ」

おうのの口調に皮肉が混じった。与平は何んと応えてよいかわからず、黙った。

「この間、芝居小屋でおせきを見かけましたけど、それはそれはいいお着物で、あたしは声も掛けられなかった。うちの女中だったなんて誰も思わない」

おうのの皮肉は続いた。

「いや、うちの奴も今まで働き詰めだったので、わたしが隠居したのを潮に、時々、芝居見物に出かけるようになったのですよ。芝居見物となると、おなごは着る物に気を遣うらしく、一張羅《いっちょうら》を纏《まと》って出かけておりますよ」

言い訳ではなく、それは本当のことだった。

だが、おうのは、与平の言葉をまともに取る様子はなかった。

「あのまま仁寿堂に留《とど》まっていたら、あたしももう少しいい目が見られたものを、と悔やんでいるのですよ」

「そんなことをおっしゃっちゃ、向こうの旦那様に失礼ですよ」

与平はやんわりとおうのを窘《たしな》めた。

「ええ、罰当たりなのは百も承知。でもね、平吉が亡くなった時、あたしはちょいと聞き捨てならない話を耳にしたんですよ。それからずっと気になっていて……」

「聞き捨てならない話とは？」

与平は怪訝な顔でおうのを見つめた。目尻の皺《しわ》が深い。三十年余りの歳月は楚々《そそ》とした風情《ふぜい》の女を白髪の老婆《ろうば》に変える。与平は今更ながら過ぎた時間を思った。

おうのは平吉と与平が考えていたほど倖せではなかったのだろう。

「神田明神下の店が火事に遭った時、うちの人は紙入れを取りに戻って逃げ遅れたものと思っておりましたよ。だけど、それは少し違っていたのね」

「違っていたとは？」

「平吉は、うちの人をわざと助けなかったのではないの？」

「まさか」

「どうせ、遊び人の主だから生かしておいてもためにならない。平吉はうちの人の尻拭いばかりしていたから、そう考えても無理はありませんよ」

「お内儀さん、馬鹿なことはおっしゃらないで下さい。そんなこと、万に一つもある訳がない」

与平は思わず声を荒らげた。

「あの火事の後、岡っ引きの親分にずい分、事情を訊かれましたよ。その時は別に不審にも思いませんでしたけど、平吉のお弔いに出て、お悔やみに訪れたお客様が話しているのを小耳に挟んでから俄かに合点のいくことがございましてね」

「世間の口に戸は閉《た》てられないと、よく言ったものですが、弔いの客の勝手な話をまともに取るのもどうかと思います。仁寿堂の後始末をしたのは親父です。あの時の親父の苦労は、一言では申し上げられませんよ。お内儀さんからは仁寿堂の看板を譲っていただいただけだ。お内儀さんに、あの時、何ができましたか」

与平の口調には怒気が含まれた。

「そうね。何もできなかった。それが今更ながら悔やまれるのですよ」

「お内儀さん、何がおっしゃりたいのですか」

「平吉はうちの人を見殺しにするよう仕向けたのよ。それとも、あなたが平吉の命令で火消し連中に手を回したの？」

「親父が草葉の陰で嘆いておりますよ。いい加減にして下さい」

与平は思わず怒鳴った。

おうのは与平の剣幕に恐れをなし、そそくさと茶代を払うと、小女を急き立て、挨拶《あいさつ》もせずに去って行った。

与平はしばらくおうのの後ろ姿を見つめていた。仁寿堂は、おうのに悪態をつかせるほど大きくなったのだと思った。おせきがしおたれた恰好をしていれば満足だったのだろうか。

歩きながら与平は心ノ臓が、ばくばくと音を立てるほど腹を立てていた。弔いの席で、勝手なことを言ったのは、どこのどいつかと思った。恐らく、同業の薬種問屋だろう。

ひがむならひがめ。仁寿堂はこれからも商いに滞《とどこお》りなど起こさせない。与平は唇を噛《か》み締《し》めて決心していた。

五

明日は雨にでもなるのだろうか。暑く湿った夜気が鬱陶《うっとう》しかった。涼を求めて外へ出た人々も、さっぱり効果はなく、癇性《かんしょう》に団扇を扇ぐばかりだった。

聞き屋の与平も首から手拭いを下げ、頻繁に汗を拭いながら腰掛けに座っていた。客も胸の内を明かすより暑さしのぎに躍起になっているようで、その夜の客の数は少なかった。

「聞いてくれやすかい」

だが、店仕舞いをする頃、与平の前に五十がらみの男がひっそりと座った。ぷんと鬢《びん》付油《つけあぶら》の匂いがしたところは千蔵と同じ髪結い職人であろうか。見掛けない顔だった。

――わたしでよければ。

笠越しに男の表情を窺うと、夜目にも眼が猫のように光って見えた。

「打ち明け話をしたいんだが、そいつはお上《かみ》に知られたら、只では済まねェ。それでもいいかい」

――わたしは、お客様のお話は他に洩らしません。それが聞き屋の仁義だと心得ております。

「それを聞いて安心した。おれァ、髪結いだ。床も構えている。だが、床の名は明かさねェ。お前ェさんが、たまたま見世の前を通り掛かって、おれに気がついたとしても知らん顔しつくんな」

――承知致しました。

「昔々の話よ。おれァ、晴れて髪結床の主になるところだった。世話になった親方は安く株を分けてくれる人を探してくれた。そいつは、おいぼれてもう商売ができないし、跡継ぎもいなかったのよ。床は立ち腐れて、大工の手を入れなきゃどうしようもない代物だった」

男はやけに赤く見える唇を舌で湿した。年寄りの髪結いは、そこを出て娘の所に身を寄せる手はずにもなっていたという。

ところが、いざ、引越しをする段になって、俄かに心変わりをしたと言って、出て行くことを拒んだ。手付けは打ってあるし、今更そんなことを言われてもどうしようもなかった。

親方も中に入り、ずい分説得したが、相手は長年住み慣れた家に未練を残している様子だった。

親方は、ま、その内に諦《あきら》めて出て行くだろう。年寄りのことだ、大目に見てやれと男に言った。男は明日にでも大工を入れて、早く開店させたかったが、親方の言葉に渋々従った。

だが、年寄りはそれから三月《みつき》余りもずるずると居続けた。娘がやって来て説得しても、素直にうんとは言わなかった。

——難儀なことでしたなあ。

与平は同情した。

「ああ」

男はため息をついた。

——それでどうなりました。

与平は男に話の続きを急かした。

「誰が考えても悪いのは向こうだ。それはわかるだろう？」

——もちろん。

「おれが払った手付けで、そいつは毎晩、酒を喰らっておだを上げていた。なに、銭がなくなりゃ、いやでも出て行くだろうと、おれも腹を括った。ところが、そいつは油障子をよ、新調したのよ」

——………。

「どういうことかわかるかい」

——さあ。

「出て行く気なんざ、これっぽっちもねェってことよ。これ見よがしに手前ェの屋号をでかでかと書きやがった。さすがのおれも腹が立って、手付けを返せとわめいた」

——それで？

「遣っちまったってよ。きれいさっぱり遣っちまったから、これから手間賃を稼いで返すとほざいた」

——呆《あき》れたもんですな。仕事ができなくなったから床を譲る気になったのでしょうに。

「ああ。呆れた話だ。仕舞いにゃ、死ぬまで床は渡さねェとおれに怒鳴った。業を煮やして奉行所に訴えてもよ、奴はその時だけ惚《ぼ》けたふりをするのよ。全く喰えない爺《じじ》いだった。それで、おれは決心した。そのままじゃ、おれの立つ瀬も浮かぶ瀬もねェ」

——何を決心されました。

与平の問い掛けに男の眼が光った。ひと呼吸置いて口を開いた。

「付け火だ」

「……………。真夜中に奴の所へ行き、鬢付油を戸口に垂らし、火をつけた……」

与平の口許から声にならない声が洩れた。

――見つかりませんでしたか。

「見つかったら、おれァ、今ここにはいねェ」

――ごもっともで。

「それどころか、誰にも疑われなかった。爺いは近所とも悶着《もんちゃく》を起こしていたから、おおかた酔っ払って火の始末をしなかったんだろうと皆んなは思ってくれた」

――で、その爺さんは無事だったんですか。

「おうよ。家が丸焼けになって、ようやく諦めて娘の所に行ったよ。それから一年後にお陀仏となった」

よかったと言うべきなのか。与平は言葉に迷った。

「おれァ、ついていたと思うぜ。それから床を普請した。おまけにその後で富突き（富籤《とみくじ》）にも当たってよ、つきまくりだ」

――…………。

「だがよ。あの時のことは忘れられねェ。毎度、夢も見る。むろん、おれァ、誰にも喋っちゃいねェ。あんたが初めてだ」

——年月が経《た》ち、つい秘密を明かしたくなったのですかな。

「おうよ。ところで、このことは嬶ァ《かか》だけに明かそうかと思ってよ、相談にきた」

——なぜです？

「なぜって、嬶ァにゃ喋ってもいいだろうが。他人じゃあるまいし」

——そこから墓穴を掘ることも考えられますよ。

「そいじゃ、一生、黙ってろということか」

——はい。墓場まで持って行くことです。それがあんたの償《つぐな》いですよ。

「苦しいのよ、黙ってるのが。苦しくてたまらねェのよ」

——明かすのなら奉行所のお役人になさい。それがいやなら、じっと耐えることです。

男はしばらく黙っていたが、やがて力なく立ち上がった。小粒が差し出された。口止め料のつもりもあったのだろう。与平は、この時ばかりは多過ぎると言わず、黙って受け取った。

男は意気消沈した様子で去って行った。恐らく与平は、二度とその男に出会うことはないだろうと思った。

辺りを見回すと、珍しく長兵衛が現れる様子はなかった。与平は内心でほっとした。長兵衛に不審の念を抱《いだ》かれたとしたら目も当てられない。あの男が、せっかくここまで守ってきたものが台無しになる。

それにしても重い話だった。犯した悪事が露見しなかったとしても、当人だけは覚え続ける。「天知る地知る我知る」の諺《ことわざ》のごとく。その諺は「人知る」と続く。やがては墓穴を掘って悪事が露見するのだ。男が沈黙を守り通せるだろうかと与平は気になる。男の告白は与平の胸に深く刻まれた。すると、神田明神下での火事のことが脳裏を掠《かす》めた。

平吉は与平に、為吉を助けるなとは言わなかった。醒《さ》めたような眼で与平を見ていただけだ。その眼を見て、与平は父親が何を言いたいのかわかった。それから自分が何をしたか、それは誰にも言えない。

髪結いの男と同様に墓場まで持って行くつもりだった。だが、少しでも疑いを持たれていると知れば、必死で否定する。今までも、そしてこれからも。

もの思いに耽《ふけ》っていると、「お前さん」、背中でおせきの声が聞こえた。振り返ると、通用口の戸を細めに開けておせきが心配そうにこちらを見ていた。その瞬間、与平はどくだみの匂いを嗅いだ。

「もう、四つは過ぎましたけど、まだ仕舞いにしないのですか」

「もうそんな時刻になるのかい。うっかりしていた」

「ささ、中へお入りなさいまし」

おせきはかいがいしく与平に手を貸す。

「どくだみの匂いがするよ。庭に生えているのかい」

「ええ。今年は、やけにどくだみが咲く年ですよ。塀際にびっしりと……」

気がつかなかった。慌てて置き行灯をかざして見ると、本当に、塀際にどくだみがはびこっていた。桜と椿《つばき》の樹《き》の陰になっていたので見逃していたのだろう。

どくだみは「蕺草」と書き、毒の字を充《あ》てる訳ではないのだが、与平はその葉から醸し出される匂いに毒を感じる。

人の犯した悪行の数々が土中から花の姿となって現れていると思ってしまう。だとすれば、自分の家の庭に咲き乱れるどくだみもまた、与平の悪行をそれとなく示唆しているものだろうか。

与平はどくだみの花々を見つめている内、目まいに似たものを感じた。

だが、おせきは、「おたみに言って摘《つ》ませましょう。干しておけば何かと役に立ちますもの」と、朗らかに言った。おたみは台所を手伝う女中のことだった。

与平は何も応えず、机と腰掛けを運んだ。どくだみを踏まないように気をつけながら。

千床では、それから葦簀に紙入れや巾着が括りつけられることが多くなった。

銭は戻らないが財布と書き付けは戻るという噂《うわさ》で、掏られたり落としたりした者が千床を訪れるという。

それを長兵衛がどう考えているのか、与平はひどく気になった。だが、葦簀に括りつけられた空財布は大川の川風に今日も頼りなく揺れている。

雑踏

一

陰暦八月はすでに秋である。

路上で聞き屋をする与平にも、めっきり夜風が涼しく感じられる。その年の夏はことの外《ほか》、暑かった。与平は年を取るごとに暑さ寒さが身体《からだ》にこたえるようになった。暑い夏が終われば今度は冬だ。穏やかな秋も与平にとっては、つかの間の安らぎに過ぎなかった。

白い覆いを掛けた机に青白い月の光が射していた。置《お》き行灯《あんどん》もいらないほど辺りが明るく見える。十五夜が終わって間もない夜だった。

聞き屋をしている場所は江戸の繁華街、両国広小路の傍《そば》なので、界隈《かいわい》は、ほろ酔い機嫌の江戸詰めらしい武士の姿も目立つ。家族を国許《くにもと》に置いている彼等《かれら》は、一抹の寂しさを感じつつも独り身の気楽さを謳歌《おうか》しているように見える。

依田覚之助《よだかくのすけ》もそんな江戸詰めの武士の一人だった。

覚之助が与平の前に座ったのは、十五夜の日だった。朋輩《ほうばい》と料理茶屋に繰り出した帰りに与平の前で足を止めたのだ。机の覆いに書いてある「お話、聞きます」の文句に誘われたらしい。与平は毎月、五と十のつく日に聞き屋をしている。

「辻占《つじうら》かと思った」

覚之助は独り言のように呟《つぶや》いた。

――皆さん、誰でも最初はそうおっしゃいます。

与平は静かな声で応《こた》えた。覚之助は少し酒に酔っていた。左頰《ひだりほお》から口許にかけての痣《あざ》は光線の加減でできた影かと最初は思ったが、腰掛けに座った顔を間近に見て、そうではなかったと気づいた。

「今夜は月見の宴《えん》であった」

覚之助は外出の理由を語った。

――さようでございますか。それはお楽しみでございましたな。

「わしはひと足早く引き上げた。どうせぐずぐずしておってもろくな目に遭《あ》わんからの」

――悪酔いなすって、手のつけられなくなる御仁《ごじん》は多いものです。

「さよう。人の面《つら》をからかって喜ぶ。もはや慣れっこになっているが、それでも気持ちのいいものではない」

――……。

「わしは三人きょうだいでの、姉と弟がおる。わしと姉には、このように痣がある」

与平は言葉に窮した。痣は体内の血の減少（虚血）、あるいは血の滞《とどこお》り（瘀血《おけつ》）から起きると言われる。皮膚の下の血が赤色や暗い紫色に変化するのだ。芍薬《しゃくやく》、当帰《とうき》、茯苓《ぶくりょう》などが効き目があるとされている。いや、覚之助と姉は、これまで痣に効き目があるものなら、さんざん試したはずだ。だから与平も敢《あ》えて余計なことは言わなかった。

「わしはこれでも、まだましなのよ。姉は顔の半分がすっかり痣だ」

――ご親戚《しんせき》のどなたかにも、そういう方はおられますか。

与平は言葉に気をつけながら訊《き》いた。

「いや、おらぬ。我等だけだ。だが、うちの親も呑気《のんき》なものだ。姉が生まれ、その顔を見て胸を痛めたことだろうに、それでもまた子を生《な》すというのがわからん。わしなら恐ろしくてできぬ。我等は痣きょうだいと陰口を叩《たた》かれて今日《こんにち》まで来た」

――子供は授かりものでございますから、ご両親を責めるのは酷でございます。姉上様はまだ独り身でございますか。

「いや。世の中は存外に捨てたものでもなくての、藩のお抱え医者に輿入《こしい》れした」

――それはそれは。

与平は幾分、安心した。

「姉は娘時代から、痣を隠すために、べったりと化粧をし、日中はろくに外出しなかった。家の中で本を読んだり、字を書いたりしておった。お蔭《かげ》で大層美しい字を書く。わしも度々、姉から習字を教えられたものよ」

——よい姉上様でございますな。

「もはや人の妻となって何も案じることはないのに、相変わらず化粧は濃い。わしは素顔よりも、あの白塗りの顔に辟易《へきえき》となる」

与平は笑いを噛《か》み殺した。覚之助の姉にすれば笑い事ではない。

——おなごですからな。無理もございません。

与平は、そんなことしか言えなかった。

「わしも子供に影響が出ては困るという理由で縁談は断られっ放しだ」

——そのようなご心配は無用だと思いますが。

「訳知り顔で言うのう」

覚之助は皮肉な口調になった。

——わたしは聞き屋でございます。お客様のお話なら何んでもお聞き致します。ご気分を害されましたのなら、違うお話をなすって下さい。

「いや、普段は、痣のあの字も言うたことはない。お前だから話したくなったのだ」

——さようですか。それはそれは。

「縁談のことなど、とうに諦《あきら》めておった。姉が片づいたので、わしは肩の荷が下りた。

この先、独り身を通しても構わぬと思うている」

——いずれ弟さんにお家を継がせるおつもりですか。それはご両親はもちろん、世間様に対しても、少々、差し障りがあろうかと思います。

「ふん、それもそうだの。ところがの、今年に入って、わしに縁談が舞い込んだ。藩の寄合席（家老待遇）の娘で、すこぶるつきの美人だ」

——………。

「どう思う」

覚之助は試すように訊いた。

——さて、どう思うかとおっしゃられても、何んとお応えしてよいかわかりません。おめでたいお話ではございませんか。

「なぜ、わしのような男に白羽の矢を立てたのか、よくわからん」

——お武家様は人より抜きん出たものをお持ちなのでしょう。ですから、先様《さきさま》もそれを見込んでお嬢様を嫁がせるお気持ちになられたのでしょう。

「いや、親御は反対したそうだ。だが、娘が是非にも進めてくれと言うたそうな。娘はわしより五つ下の十八だ」

とすれば、覚之助は二十三。次男の作次《さくじ》と同い年だと与平は思った。すると、覚之助に対し、先刻より親しい気持ちが湧《わ》いた。幼い頃、友達と喧嘩《けんか》して泣きわめいた作次の顔が覚之助の顔と重なった気がした。

――結構ではございませんか。お武家様は何を躊躇《ためら》っておられるのですか。わたしはつくづくわかりません。

「それはお前が当たり前の顔に生まれついたからそう思うだけで、わしはうまい話には及び腰となる癖がついておる」

――………。

「何か言え」

――は？

「わしに何か言え。こうしろとか、ああしろとか」

――わたしはお客様のお話を聞くだけで、助言のようなことは致しません。

「逃げたな」

――これは、きついお言葉。お武家様の人生はお武家様のものです。他人がとやかく言うことでもありますまい。おいやならお断りすればよろしいでしょう。しかし、相手のお嬢様がお気に召したのなら、縁談を進めるべきです。ぐずぐずしていたら別の方に攫《さら》われます。

「きついのはお前だ。わしは娘に訊きたいのだ。しみ真実、わしを亭主にしてよいのかと」

――お武家様は、以前にそのお嬢様と何かお話でもされる機会がございましたか。

「ああ。一度だけ道端で出くわしたことがある。三年ほど前のことだ。あれは茶の湯か琴の稽古《けいこ》の帰りだったのだろう。娘はその時、御番入《ごばんい》り（役職に就くこと）したばかりの三人の男にからかわれ、着物の袖《そで》を引っ張られたり、簪《かんざし》を引き抜かれたりしておった。年寄りの女中が伴《とも》をしていたが、なに、そんな時には、ものの役に立たぬ。おろおろと、おやめ下さいと金切り声を上げるばかりだった。わしはそこへ通り掛かったのだ。わしは奴等《やつら》より年上だった。一喝すると、奴等はおとなしく引き上げた。思い当たるのは、それだけよ」

――お嬢様にはお武家様が大層頼もしく見えたのでございましょう。お嬢様のお気持ちを汲《く》んで差し上げるべきです。

覚之助は与平の言葉には応えず、「また来る」と言って腰を上げた。

――お待ちしております。

「お前の名を明かせ。聞き屋だけでは落ち着かぬ」

――与平と申します。

「さようか。わしは依田覚之助だ。覚えておけ」

――よいお名前です。

「世辞を言うな」

覚之助は机に一朱を放った。与平は黙って頭を下げた。月の光が、その一朱を白く光らせた。うまく縁談が纏《まと》まればよいと与平は思った。自分の息子だったら、痣ぐらい何んだと気合を入れただろう。痣ぐらい……しかし、当人にとって痣ぐらいでは済まされない葛藤《かっとう》があったはずだ。それを察すると与平は切ない気持ちになった。悩みは当人でなければわからない。たとい、他人がどれほど慰めても、当人は悩みから解放される訳ではないのだ。本当に痣ぐらいと達観できた時は、早や、死に年も近い年齢になっているだろう。それにしても人間は己れの身体の短所をどうしてくよくよと思い悩むのだろうか。

与平でさえ、若い頃はもっと男前に生まれたかったと思ったものである。芝居の二枚目のような容貌《ようぼう》だったら、どれほど人生が楽しかったことだろう。

埒《らち》もない。与平は苦笑して鼻を鳴らした。世の中にはもっと肝腎《かんじん》なことがある。だが、その肝腎なこととは人間のつまらない悩みを易々《やすやす》と超えるほどすばらしいことなのだろうか。わからない。

「旦那《だんな》……」

もの思いに耽《ふけ》っていた与平の耳にだみ声が聞こえた。顔を上げると按摩《あんま》の徳市が傍に立っていた。

「お客さんは来やしたかい」

徳市は愛想笑いを貼《は》りつかせて訊く。頰にえくぼができる。そのために愛嬌《あいきょう》が感じられる。だが、徳市はえくぼの効果を人が言うほど実感していないだろう。徳市は生まれつきの盲人だった。

「今夜はまだ、三人ばかり相手をしただけだよ。あんたは？」

「お内儀《かみ》さんに呼ばれておりやす。肩が凝り過ぎておつむまで痛くなったそうで、これから参りやす」

与平の女房のおせきが徳市に揉《も》み療治を頼んだらしい。

「そうかい。世話になるね。ようく揉んでやっておくれ」

「あい。お内儀さんは日本橋の坊ちゃんのことで相当に頭を悩ましておるようですね」

「作次がどうかしたのかい」

作次は日本橋の薬種屋「うさぎ屋」に婿入りしていた。

「あ、これは余計なことを」

徳市は慌てた。作次の事情を与平がとっくに承知しているものと思っていたらしい。

「話しておくれ」

「いや、それは……」

「あんたから聞いたとは言わないよ。口を滑《すべ》らせてしまったんだから、もう引っ込みがつかないじゃないか。気になるから話しておくれ」

与平は徳市に話を急《せ》かした。

「本当にお内儀さんには内緒にしておくんなさいよ。日本橋の坊ちゃんは、最近、夫婦仲があまりよろしくないようで、家を空けることが多いそうですよ」

「女ができたってことかい」

「そこまではわかりやせんが、寄合だの、ダチと約束しただのと理由をつけて、夜になると出かけるそうです。毎度外に出かけりゃ銭が要《い》りやす。それで、お内儀さんに無心をすることも多いそうです」

作次はおせきに小遣いの無心をしていたようだ。回が重なると、おせきも心配になり、具合を悪くしたらしい。

「そうかい……」

「そいじゃ、旦那」

徳市はそそくさと与平の背後の通用口から中へ入って行った。与平は明る過ぎる月を見上げてため息をついた。

作次はうさぎ屋の主《あるじ》、伝兵衛《でんべえ》から見込まれて婿入りした。女房のおなかは、家つき娘にしてはおとなしく、よくできた女だった。

この三年、傍目《はため》には、二人はさして問題もなく暮らしているように見えた。それでも作次は婿という立場。何かと気苦労があったことは察せられる。ここに来て、そのうっぷんを晴らすように遊びに駆り立てられているのだろうか。

白い覆いに人影が映った。顔を上げると二十歳《はたち》そこそこのお店者《たなもの》らしい男が立っていた。

「幾らだい」

男はぶっきらぼうに訊いた。

「――聞き料のことでございますか。

「ああ。あまり手持ちがないんでね」

「――お客様のお志で結構でございます。ご都合が悪ければ無理にはいただきません。

「十六文じゃ馬鹿にしているか。蕎麦《そば》でもあるまいし」

「――構いません。

「そ、そうかい。おれはまだ手代の分際なんで小遣いが自由にならねェのよ。恩に着るぜ」

男は安心したように腰掛けに座った。

「――こんな時間までお仕事ですか。

「ああ。掛け取りに出たが、もう少し待ってくれの一点張りでな、ほとほと頭を抱えているわな。不景気だから少しは大目に見てェのは山々だが、去年の暮からのツケが溜《た》まっていてどうしようもねェのよ。少し強く言えば、ねェものはねェと、逆に腹を立ててよ、全くやっていられねェ。お店は葬式で銭が掛かったもんだから、少しでもツケを回収したい考えだ。あちら立てれば、こちらが立たぬ……世の中だな」

——さようでございますな。お店で葬式とは、ご隠居様でもお亡くなりになりましたか。

「いいや、隠居じゃねェ。お内儀《かみ》さんよ。それも若旦那に嫁いで、まだ一年にもならねェ十八の若お内儀だ」

男がそれを言いたかったとばかり、薄い唇を舌で湿した。

男は高砂町《たかさごちょう》の紙問屋「井沢屋《いざわや》」の手代だった。

井沢屋は奉書紙からちり紙まで、紙全般を扱う店だった。客も大店《おおだな》から小売りの小間物屋まで様々である。男が回収に苦労するのは小売りの店が多いらしい。井沢屋は紙問屋としては江戸でも老舗《しにせ》だった。

「若お内儀がうちの店に来た時、若旦那の母親はとっくに亡くなっていたのよ。若旦那は男ばかりの四人兄弟の長男だから、父親の旦那も入れて考えると、若お内儀は言わば男所帯に嫁に来たって訳だ。若お内儀は料理茶屋の娘だった。だから愛想はよかったぜ」

——女中さんは置いておりましたか。

「ああ。古参のおまきという三十六の年増《としま》が台所でがんばっていた。幾ら若旦那の女房だからって勝手にさせるもんかってな。それから若お内儀と同じ年ぐらいのが二人ばかりいる。まあ、そっちは大したこともなかった。問題はおまきさんだったな」

――はあ、そうでしょうな。相手が女中とはいえ、若お内儀さんも大変でしたな。

「ところが、若お内儀は結構、気の強いお人で、嫁入りした途端、台所のやり方を自分流に変えちまった。奉公人に喰《く》い物《もの》を辛抱させちゃいけねェってな。飯は腹一杯喰わせろと言った」

――できたお方でしたな。

「ああ。おれ達にはありがたかった。だが、おまきさんにはおもしろくねェ。それで、若い女中を抱き込んで、何かと若お内儀に面当《つらあ》てしていたよ」

――それで、その若お内儀さんは、どうして亡くなられたのですか。

そう訊くと、男は身を乗り出した。今まで人に言いたいのを我慢していたという感じがした。

「聞いてくれ、聞き屋さん。若旦那の母親の十三回忌が営まれたのよ。若お内儀が嫁に来て初めての大きな行事だ。さあ、若お内儀は張り切った。できた嫁と思われたい一心で、ひと月も前から実家の料理茶屋に会食の献立をあれこれと相談していた。そればかりでなく、寺の坊主には幾ら払って、引き出物は何にするとかもよ。おまきさんにはひと言の相談もなしで進めた。おまきさんの怒りは今にも爆発寸前だったらしい。若お内儀は仏頂面《ぶっちょうづら》のおまきさんに、気に入らないだろうけど、自分のやり方をさせていただきますよと先手を打った」

おまきは若お内儀の強引なやり方が腹に据《す》えかねていたが、自分は奉公人の立場。そこをぐっと堪《こら》えた。

法事の当日、若お内儀は朝からくるくると動き回った。菩提寺《ぼだいじ》で法要を済ませると親戚連中を実家の料理茶屋へ案内し、その合間に店へ立ち寄り、おまきにその夜の奉公人の食事のことやら、会食の場所がわからずに井沢屋へ来た客には柳橋の実家を教えてやるようにとか、細かく指図した。おまきは相変わらず仏頂面でそれを聞いた。

髪を撫《な》でつけて出かけようとした時、若お内儀は朝から何も食べていないことに気づいた。

会食が始まっても、客に銚子《ちょうし》の酒をお酌して一人ずつ丁寧に挨拶《あいさつ》しなければならない。とても食べている暇はない。腹の虫がぐうっと鳴いては恥をかくというものだった。ちょうど台所には女中達がお八つに買っていた焼き芋があった。

「おいしそう」

独り言が思わず出た。すると、おまきは焼き芋を若お内儀に勧め、親切に茶まで淹《い》れてくれた。

若お内儀は太い焼き芋を一本平らげたという。

「それが命取りになっちまった……」

男は深い吐息をついた。どうして焼き芋が命取りになるのか与平にはわからなかった。

「意味がわからねェかい」

怪訝《けげん》そうな表情の与平に男は訊いた。

——はい。わたしは年のせいか血のめぐりが悪いもので。

「芋喰えばどうなる」

——どうなるって……困りましたなあ。

与平は言葉に窮して小鬢《こびん》を掻《か》いた。

「屁《へ》をひるだろうが」

——あ、これは。そうでしたな。それでは若お内儀さんが?

「ああ。三十人ほど客が集まった広間で、若お内儀は銚子を持って愛想よく客に酌をして回った。それで、ほんのちょっと中腰になった拍子に……やっちまったらしい」

与平は笑いをぐっと堪えた。当人にすれば大変な恥をかいたのだから。

——知らん顔をすることはできなかったのでしょうかな。

「知らん顔ができねェほど、とんでもねェ音を出しちまったらしい」

男は笑うに笑えないという様子で応えた。

――それで、若お内儀さんは？

「大慌てで広間から飛び出し、そのまま厠《かわや》へ向かって……舌を嚙んだ」

――………。

「おれァ、何んだか訳がわからねェ。そんなことで人は自害するのかと思ってよ。だが、若お内儀にすれば手前《てめ》ェのしたことが許せなかったんだろうな。おまきさんだって、まさか若お内儀がそこまですると考えてもいなかっただろう。ほんのちょっと困らせてやれぐらいの気持ちだったと思うぜ」

――やり切れないお話ですなあ。これが男だったら笑い話で済まされるのでしょうが。

「そうだな……ま、おれの話はそれで仕舞いだ。さて、帰《け》ェるか」

男は腰を上げた。与平に話をして、すっきりした表情だった。反対に与平の胸は重くなった。

――その後、若旦那はどうなさっておいでですか。

与平は追いすがるように訊いた。

「芋を喰わせたおまきさんを店から追い出した。だが、まだ次の嫁は迎える気になれないようだ」

男は十六文を机にざらりと置くと、「そいじゃな」と言って、小走りに去って行った。

与平はしばらく動けなかった。死んだ若お内儀も、店を追い出された女中も同様に気の毒だった。誰か、その若お内儀の死に理由をつけてほしかった。与平が納得できる理由を。

徳市が揉み療治を終えて出て来たのを潮に、与平もその夜は聞き屋を店仕舞いにした。

二

日本橋通《とおり》二丁目の角地にうさぎ屋はある。

暖簾《のれん》にも、軒行灯にも、うさぎが杵《きね》で餅《もち》を搗《つ》く図柄が入っている。

午前中にうさぎ屋を訪れた与平は主の伝兵衛と女房のおひろに挨拶し、小半刻《こはんとき》ほど世間話をすると、作次を外へ連れ出した。

うさぎ屋の中でできる話ではなかった。与平が訪れたことで作次の女房のおなかは不安そうな顔をしていた。

外に出ると、「少し早いが蕎麦屋にでも行って昼飯にするかい」と与平は訊いた。

「蕎麦屋へ行くと酒が飲みたくなるよ。昼間から酒臭い息をしていたんじゃ、旦那がおかんむりになる。ちょいと知っている所へ行こうよ」

作次は悪戯《いたずら》っぽい顔で言った。作次は日本橋の方向へ歩きながら、ふと目についた「銀月《ぎんげつ》」という団子屋へ入った。小さな店だったが、伊万里《いまり》の大皿に小ぶりの団子がうまそうに積み上げられていた。

「茶受けに団子はどうだい。お父《と》っつぁん、どれが好みかな」

甘いものがさほど好きではない与平は醤油団子《しょうゆだんご》を指差して、「それを貰《もら》おうか」と応えた。

作次は醤油と胡麻《ごま》、漉《こ》し餡《あん》の団子をそれぞれ十本ずつ包ませた。

「そんなにどうするんだ」

「手《て》土産《みやげ》さ」

作次は屈託なく応えると、団子の包みを抱えて先を歩いた。

作次に連れて行かれたのは日本橋川の傍にある「舟吉《ふねきち》」という船宿だった。作次が気軽に声を掛けると、お内儀らしい四十がらみの女が現れた。気さくな感じのする女でもあった。

「親父《おやじ》とちょいと話をしたいんだ。二階は空いているかい」

「ええ。まあ、若旦那のお父様でございますか。それでは仁寿堂のご隠居様」

お内儀は畏《かしこ》まって頭を下げた。

「倅《せがれ》がお世話になっております。本日はちょいとお邪魔させていただきます」

与平も如才なく応えた。

「これは、お内儀への土産だよ。銀月の団子だ。おれ達に醤油団子を二、三本持って来てくれ。あ、酒はいらないよ。茶でいい」

作次はそう言って、勝手知ったる家とばかり、ずんずん梯子段《はしごだん》を上がった。

四畳半の小部屋から日本橋川が見えた。川の対岸に廻船問屋《かいせんどいや》の白い土蔵が並んでいる。

「ここへは、しょっちゅう、来るのかい」

与平は部屋のたたずまいを眺めながら訊いた。狭いが、小ざっぱりした部屋である。

「ああ。着替えを置いている。店に戻らずにここから寄合に出かけることも度々だ。家に戻ると旦那とお内儀さんが嫌味を言うんでね」

作次はそう言って、部屋の隅から座蒲団《ざぶとん》を取り上げ、与平に勧めた。

「おれのこと、おっ母《か》さんから聞いたのかい」

作次は上目遣いで与平に訊いた。

「いや、おせきは何も言ってないよ」

「そいじゃ、鯰《なまず》の親分かな」

両国広小路界隈を縄張りにする岡っ引きのことを作次は口にした。

「鯰がお前のことを親身になって心配するものか」

与平は不愉快そうに吐き捨てた。

「そうでもないよ。おれが柳橋で酔っ払っていた時、早く帰ェんなって、駕籠《かご》を頼んでくれたことがあるよ」

「ほう」

「ま、おれのことは、その内、お父っつぁんの耳に入るだろうとは思っていたけどさ」

作次は観念したように苦笑いした。長男の藤助と三男の富蔵は与平に似ているが、この作次だけはおせきとうり二つだった。特に笑った表情は引き写しだった。そのせいか、母親思いなのも、他の二人より勝《まさ》っていた。

「おなかと一緒になった時、あいつはまだ十五のねんねだった。夫婦のことなんて何もわからなかったよ。別にそれが不満だった訳じゃないよ。時が経てば、それなりに女房らしくなるとおれは思っていた」

作次は与平が急《せ》かさなくても、自分達の事情を語りだした。舟吉のお内儀が団子と茶を運んで来ると、作次はさりげなく話題を逸《そ》らした。お内儀が「ごゆっくり」と言って下がると、作次は浮かべていた笑みを消した。

「祝言を挙げて一年ほど経った頃から、旦那とお内儀さんは、赤ん坊はまだかと言うようになったのさ」

「おなかちゃんは一人娘だから、早く跡継ぎがほしいんだよ」

与平はうさぎ屋夫婦を庇《かば》う言い方をした。

「だけど、さっぱりその様子がないと、あからさまに、まだかまだかと急かすようになったのさ。猫や鼠《ねずみ》でもあるまいし、そうそう赤ん坊なんて簡単にできるものか」

作次は皮肉な表情で醤油団子を頬張った。

「お、いけるぜ。お父っつぁんも喰った方がいい」

「そうかい。どれどれ」

団子は見た目よりあっさりしていて、与平の口にも合った。

「それでお前は嫌気が差して、うさぎ屋に居つかなくなったという寸法かい」

醤油団子を一本食べると、与平は煎茶《せんちゃ》をひと口飲んで訊いた。

「まあ、それもあるけどさ、三年もおなかに音沙汰《おとさた》がないと、旦那とお内儀さんは、今度はおれに子種がないのじゃないかと疑いを持ち出した」

「まさか」

与平は呆《あき》れた声を上げた。

「本当さ。うさぎ屋はおれを仁寿堂に戻して、新たに婿を探そうと魂胆している。やり切れねェよ、全く。おなかは泣いてばかりだし」

「おなかちゃんはお前と別れたくはないのだね」

「ああ。だが、実の親の言うことなら聞くしかないだろう」

「仁寿堂に戻るかい」

与平は低い声で訊いた。作次の立場を考えると、それしか方法がないと思った。

「いいのかい」

作次は逆に訊き返した。

「粉糠《こぬか》三合あったら婿に行くな、と諺《ことわざ》にもあるよ。もともとわたしは、お前がうさぎ屋へ行くことに賛成していた訳じゃない。伝兵衛さんがどうしてもと言うから渋々、承知したんだ。ただし、本店《ほんだな》は藤助の物だし、茅場町の出店《でだな》は富蔵の物だ。両国広小路の床見世《とこみせ》でも借りられるように手を打とう。わたしができるのはそれぐらいだ。お前が床見世から晴れて一軒の店を構えられるかどうかは、お前の才覚次第だ。その覚悟はあるかい」

そう言うと、作次は座蒲団から下りて、深々と頭を下げた。

「お父っつぁん、すまない。このご恩は決して忘れません」

「おやおや、ご大層な挨拶をするよ。だが、夜遊びはきっぱりとやめておくれ。幾ら商売熱心でも遊びで店を潰《つぶ》した者は多いからね」

与平は釘《くぎ》を刺した。作次はぐすっと水洟《みずばな》を啜《すす》り、「あい」と殊勝に応えた。

与平は日本橋川に視線を向けた。川の水は冷たそうな色をしていた。床見世は鯰の長兵衛に便宜を計って貰わなければならないと思った。

作次が家に戻ることより、そっちの方が鬱陶《うっとう》しかった。もっとも鯰は礼金が入ることで張り切って世話を焼くだろうが。

三

鯰の長兵衛は与平の申し出を二つ返事で引き受けた。ちょうど、水茶屋《みずぢゃや》が並ぶ一郭《いっかく》に手頃なこけら葺《ぶ》きの床見世があるという。葦簀《よしず》張りの店より雨露が凌《しの》ぎ易いだろうということだった。家主に掛け合って、さっそく事を進めるらしい。

「あんたには、それ相当の礼をするから、なるべく店賃《たなちん》は安くして貰っておくれ」

与平は念を押した。鯰は大家と与平から二重に礼金が入るので上機嫌だった。

作次は身の周りの物だけを持って、その月の晦日《みそか》にひっそりと戻って来た。作次がうさぎ屋へ婿入りする時、それ相当の持参金を持たせたが、作次の遊びの掛かりを理由に、うさぎ屋はその金の返却を拒んだと仲人は伝えた。それには与平より、おせきが大層腹を立てていた。

しかし、喧嘩したところで、うさぎ屋は仁寿堂と同業者である。何かと顔を合わせる機会も多い。与平はおせきと藤助に、話を大きくしないようにと命じた。

作次は張り切っていた。狭い床見世に薬を並べ、道行く人々に声を掛けた。目玉商品は万病に効く仁寿丹《にんじゅたん》。火傷《やけど》切り傷には竜王膏《りゅうおうこう》。血の道など婦人病に効く観音湯《かんのんとう》。その他に耳掻きやちり紙など小間物も置いた。米沢町の本店に入りづらい客も広小路の床見世ならば気軽に手が伸びるらしく、開店した早々から結構な売り上げがあったと、作次は嬉《うれ》しそうに語っていた。

長月《ながつき》に入ると、冷え込みはさらに強まった。

与平は袷《あわせ》の上に被布《ひふ》を羽織り、膝掛《ひざか》けをして聞き屋をするようになった。

「おィ、ご隠居。ご精が出るね」

鯰の長兵衛は機嫌のよい声で与平に声を掛けた。

「その節は、親分には大変お世話になりました。お蔭で倅の道が立ったというものです」

「なあに。しかし、日本橋のうさぎ屋といえども内証《ないしょ》は大変らしいな。次男坊の持参金がふいになったというじゃねェか。おれなら黙っちゃいねェ」

「いや、倅も、うさぎ屋さんには迷惑を掛けましたから、それはもういいんですよ」

「鷹揚《おうよう》なもんだ。床見世の権利金、礼金、暖簾や看板代を入れたら大した掛かりだ。こうっと、安く見積っても六十両か。それを取り戻すとなりゃ、何年も掛かる」

「さようですな。しかし、倅のためなら是非もありません」

「倅のためか……ま、先代の旦那もご隠居のために仁寿堂を守ったんだから、ご隠居も倅のためにひと膚《はだ》脱ぐのは仕方がねェな」

「……………」

「おう、ご隠居。そろそろ本当のことを明かさねェか」

置き行灯に照らされて、長兵衛の赤ら顔がさらに赤く見えた。

「何んのことですか」

「神田明神下の店が火事になって先々代が焼け死んだことだよ。あれはお前《め》ェさんのせいだろう?」

仁寿堂は、元は神田明神下に店があった。火事で焼けてから両国広小路近くの米沢町に越したのだ。先々代とは、その頃の主、為吉のことだった。

「わたしが付け火をしたとでもおっしゃるのですかな」

「そうなのけェ?」

長兵衛は与平の揚げ足を取る。

「火消し連中にお訊きになればいい。あの人達は玄人《くろうと》だ。付け火か、そうでないかぐらい、すぐに見当がつくというものです」

何年、この問題は長兵衛から蒸し返されていることだろう。与平はいい加減、うんざりだった。

「ああ、付け火じゃねェよ。それはわかっている。だが、そこから先は藪《やぶ》の中だ。本店の若お内儀は、確か『に組』の頭《かしら》の娘だったな。火消しの娘を嫁に迎えたのには、訳があるんじゃねェのけェ？　神田明神下の火事の時、に組も助っ人に出て、脇《わき》を固めていたろうが。ご隠居が何かしても握り潰せる隙《すき》はあったはずだ」

「では、親分はわたしが何をしたとお考えですか」

与平は試すように訊いた。

「先々代は財布を取りに戻って火に巻かれた。上等の着物は火の回りも早《はえ》ェやな。火達磨《ひだるま》になった先々代に縋《すが》った。助けてくれとご隠居に縋った。縋った手をご隠居は振り払った。火事の後で、うちの親父は、その財布を探したが、出て来なかった。財布は焼けたとしても、小判や銀貨が落ちていそうなものだ。ご隠居は財布を受け取っただけで、先々代を見殺しにした……どうでェ、おもしれェ理屈だろうが」

「その話、おうのさんにも話したのですね」

おうのとは為吉の女房のことだった。

おうのは為吉の死後、蠟燭問屋《ろうそくどいや》に後添えに入った。おうのは為吉の死因を、今頃になって疑問に思っているらしい。吹き込んだのは長兵衛だったのかと与平は俄《にわ》かに合点した。

「いいや。その逆だ。蠟燭問屋の女隠居は、どうも納得できねェから事情を知っている者にもう一度訊《たず》ねてくれと、おれに言ってきたのよ。かれこれ三十年以上も月日が経っている。あのことに拘《こだわ》っていたのはおれだけかと思っていたら、どっこい、そうじゃなかったってことだ。だが、事情を知っている者といっても、残っているのは年寄りばかりだ。他はとっくにお陀仏《だぶつ》よ。どうせ話を訊いたって、まともな答えなんざ、返って来ねェ。だからおれは、直接ご隠居に白状して貰う方法を取っているんだ。ご隠居、向こうの機嫌を損ねるようなことでもしたのけェ？　かなり頭に血を昇らせている様子だったぜ」

長兵衛も、おうのが今頃になって昔のことを調べ直すよう頼んだことが腑《ふ》に落ちない様子だった。

「芝居小屋でうちの奴を見掛けたそうです。うちの奴は、昔、仁寿堂の女中をしておりました。おうのさんの下で働いていたんですよ。おうのさんは向こうに後添えに入ってから、さほど贅沢《ぜいたく》はさせて貰えなかったようで、この間お会いしました時、後添えにゆかず、仁寿堂に留《とど》まっていたらよかったなどとおっしゃいましたよ。どうも、うちの奴が芝居見物をしていたことがおもしろくなかったようです」

「そうけェ、ご隠居のお内儀さんに悋気《りんき》したのけェ。ま、無理もねェな。出店を二つも抱える仁寿堂のお内儀と、今にも傾きそうな蠟燭問屋じゃ比べものにならねェ」

「広小路の店まで出店に加えるのは大袈裟《おおげさ》ですよ」

与平は謙遜《けんそん》して言う。

「並の者にゃ、けちな床見世でも構えるのは容易じゃねェ。ま、仁寿堂はそれだけ、でかくなったってことだ。できるなら、おれだって昔のことを根掘り葉掘り探りたくはねェやな。だが、こいつは岡っ引きの性分でな、見て見ぬ振りができねェのよ。だがご隠居、安心しな。もしも、お前ェさんの仕業が割れたとしても、いまさら奉行所に突き出すつもりはねェからよ。ただ真相を知りてェだけの話だ。だからな、明かしてくれよう」

そら来た、と与平は思った。気を許して打ち明け話でもしようものなら、長兵衛は途端に豹変《ひょうへん》するだろう。仁寿堂に悋気しているのは、おうのの比ではない。法外な口止め料を要求するに決まっている。

「何度もお話ししたように、親分に改めて明かすことはありませんよ」

与平はさらりと言って、机の覆いの皺《しわ》を伸ばした。

「床見世の礼金で口を拭《ぬぐ》ったつもりでいるなよ」

長兵衛は捨て台詞《ぜりふ》を吐いて引き上げた。

長兵衛が去ったのを見届けたように、与平の前に男が立った。

「しばらくだったの」

依田覚之助が笑顔で腰掛けに座った。

「今の男は？」

――土地の親分でございます。

「何かいざこざでもあったのか？　大層高い声を上げておった」

――ちょいと倅のことで頼み事をしたんですよ。それ相当の礼はしたのですが、どうやら不満だったようです。

「欲深な男だ。それでよく岡っ引きをしているものだ」

――なに、岡っ引きなんざ、そうした手合が多いものでございます。

「わしの国許の岡っ引きはできた者が揃《そろ》っておるぞ」

覚之助は幾分、得意そうに言った。

――羨《うらや》ましい限りでございます。依田様、その後、ご縁談の話はどうなりましたでしょうか。

与平は長兵衛の話を端折《はしょ》った。

「わしの名を覚えていてくれたか。これは嬉しい」

――ずっと気になっておりました。実はわたしの次男坊は依田様と同い年でございましたので、なおさらでございます。

「ほう、さようか」

与平は作次の事情をかい摘《つま》んで話した。誰でも、それぞれに悩みがあると言いたかったからだ。

「それは気の毒だのう。次男に生まれついた者は武家であれ、商家であれ、他家に養子に行くのが倣《なら》い。しかし、新たに道を見つけたようで、お前もひと安心というところだな」

――さようでございます。

「わしも……縁談を承知したぞ。いや、以前にお前に励まされたが、どうも気後れしての、わしはもっとよいお家に嫁ぎなされと手紙を書いたのじゃ」

――ご返事はありましたか。

「むろん。たかが痣のために縁談を断るのは承服できぬと、大層勇ましい返事がきた。わしは、たかが痣という文句に心底驚いた。そういうことをはっきり言うた娘はいなかったからだ。仕舞いには……わしの痣が好きだとまでほざいた」

覚之助は自分の言葉がのろけになったと気づくと、照れ隠しのように咳払《せきばら》いをした。

与平は何も言わず覚之助を見つめた。微笑《ほほえ》ましい気持ちだった。

「それでそのう、そこまで言うのならと、この話を承知することにした。来年の三月には国許へ戻る。それから祝言だ」

――おめでとう存じます。

「うむ。お前にも大層世話になった」

――わたしは何もしておりません。

「話を聞いて貰って、気が楽になったのじゃ。お前に会わねば、この話を承知したかどうか」

——ご新造様《しんぞさま》のご期待に添って、どうぞこれからもご精進のほどを。

与平は丁寧に頭を下げた。依田覚之助は以前と同じように一朱を差し出した。少ない金額ではない。だがびっくりするほど多くもない。覚之助の品格を表すように程のよい金額だった。長兵衛から受けた不愉快は覚之助によって払拭《ふっしょく》された。よい晩になったと与平はしみじみ思った。

四

表南茅場町の富蔵の出店には月半ばと晦日近くに訪れる。その時、ひと晩泊まるのだが、女中のおよしの勧めで、そこでも与平は聞き屋をするようになっていた。

作次の床見世も何んとか滞りなく商いが続けられていた。富蔵は自分が一軒家の店を任され、兄である作次が床見世になったことで、幾分、遠慮しているふうがあった。

「こっちを作ちゃんにやるかい？　おれはまだ独り者だし、床見世をやってもいいんだぜ」

そんなことを与平に言った。

「世間体を気にしているのかい。作次はうさぎ屋を出たがっていたんで、床見世だろうが何んだろうが、手前ェの口さえ賄《まかな》えれば満足なんだよ。当分、このままでいいさ。それに結構、売り上げを伸ばしているよ」

「作ちゃん、あれで商売がうまいからね。うさぎ屋に入ってからだって、作ちゃんの顔で新しい客が増えたんだよ。作ちゃんがいなくなったら、客は、よその店に鞍替《くらが》えするだろう」

「うさぎ屋のことはもういい。作次を種馬扱いするのには、わたしもほとほと腹が立ったよ。作次が遊びに走るのも無理はないと思ったものだ」

「息子の肩を持つのは、お父っつぁんも親だね。だけど、義姉《ねえ》さん、これからどうするんだろう」

富蔵はおなかのこれからを心配する。富蔵は何度かうさぎ屋に遊びに行ったことがあり、おなかにはよくして貰ったという。

「作次がいなくなったんだから、新しい婿を店に入れるだろう」

「義姉さん、作ちゃんにぞっこんだった。見ていてよくわかったよ。ふた親と作ちゃんとの板ばさみで、義姉さん、結構、辛《つら》かったと思うぜ」

富蔵はしんみりと言った。そう言われて、与平もおなかの寂し気な顔を思い出していた。

作次可愛さに、おなかの気持ちを考えず、さっさと事を進めた後悔が少しよぎった。

こっちに来る途中、銀月に寄り、およしのために団子を買い求めた。およしは大層喜んでいた。晩飯を食べたばかりなのに、およしは団子をぱくついて富蔵を呆れさせた。

およしは「甘いものは別腹でございます」と、涼しい顔をしていた。

「大旦那様、そろそろ聞き屋をなさいますか」

およしは遠慮がちに声を掛けた。

「ああ、そうだね。この頃は日が暮れるのが早いんで、何刻《なんどき》なのか見当がつかないよ。全く年だね」

与平は苦笑交じりに応えた。

「刻を忘れ、飯を喰ったのを忘れ、仕舞いにゃ、手前《て》ェを忘れてお陀仏となる」

富蔵は憎まれ口を利いた。その拍子におよしは眼を吊り上げた。

「何んてことをおっしゃるんですか。仮にもご自分の父親に向かって」

「いいんだよ、およし。こいつは昔からこういう奴なんだ」

与平はおよしをいなした。だが、富蔵も負けてはいなかった。

「お前こそ、主人を主人と思わずに、おれに言いたいことを言ってくれるじゃないか。飯や酒をたらふく喰らってると、仕舞いにゃデブになるとかさ。デブが聞いたら只《ただ》じゃ済まないぜ。試しに裏の大工のかみさんに同じ台詞を喋《しゃべ》ってみろってんだ」

表南茅場町の裏手に住む大工の女房は、なるほど、ぎょっとするほど太っていた。与平は咳《せ》き込むような笑い声を立てた。およしは富蔵を睨《にら》んだが、何も言わず、聞き屋の用意をするために台所へ下がった。

「お父っつぁん……」

およしがいなくなると富蔵は改まった顔をした。

「この頃、女房を貰えと組合の人に言われるんだけどね」

富蔵は皿にのせられた胡麻の団子を手に取った。

「ああ。お前はまだ若いが、一応、店の主だからね。そんな話が出ても不思議じゃないよ」

富蔵は縁談が持ち込まれるのが煩わしいのかと思った。まだ二十歳の遊びたい盛りである。

「同じ商売をしている店の娘を迎えるとさ、万一、作ちゃんみたいな事になったら後が面倒だなと思うのよ。いや、作ちゃんのことを聞かされて、ふと考えるようになったんだけどね」

「お前は薬種屋じゃない所から女房を貰いたいのかい」

「ああ」

「それならそれでいいじゃないか。わたしは別に反対しないよ」

「たとえば、その女に面倒を見なけりゃならない親きょうだいがいたとしたらどう思う」

「それも仕方ないね。お前が決めた女なら面倒を見るしかないだろうよ。そんな女がいるのかい」

「まだ相手には打ち明けていないけど」

「何んだ。岡惚《おかぼ》れしているだけかい」

与平はからかうように笑った。富蔵も、ふんと皮肉な笑いを返したが、その後で黙り込んだ。

与平は妙な気分になった。富蔵の相手とは自分の知っている者なのだろうか。ちょっと見当がつかなかったが、およしが、「大旦那様、お仕度ができましたよ」と、声を掛けた時、はたと思い当たった。

「およしかい？」

そう訊くと、富蔵は顔を赤くして肯《うなず》いた。

「そうかい、およしなのかい」

「あたしが何か？」

およしは怪訝な顔で富蔵と与平を交互に見た。

「いや、何んでもないよ。およしはよく気がつくいい娘だと話していたんだよ」

「嘘《うそ》ですよ。若旦那様がそんなことおっしゃるはずがありません。あたしのこと、地黒《じぐろ》だの、豆だぬきだのと悪口ばかりおっしゃるんですよ。大旦那様、少し叱《しか》って下さいまし」

「ああ、叱ってやるともさ。番茶も出花のおよしに、地黒だの、豆だぬきだのと、とんでもない話だ。富蔵、言葉に気をつけなさい」

与平は笑いたいのを堪えて言った。

「番茶も出がらし？」

富蔵はすぐに与平の話に茶々を入れた。

「若旦那様、お口の周りが胡麻だらけで、まるで山賊ですよ。ささ、大旦那様、お客様がお待ちですよ」

およしは富蔵に一矢報いてから、与平を促した。


大工の女房のおくめが最初の客だった。例の太っちょの女である。

亭主の愚痴をさんざん並べ立て、さっぱりした顔で帰って行った。与平は富蔵の話を思い出して、途中で何度か噴《ふ》き出しそうになった。それから、町医者らしいのが現れ、与平がしていることは気の病《やまい》の患者に対して医者が手当てをするようなものだと文句を言った。客の懐具合によって聞き料を取らないこともあるので、医者は自分達への営業妨害だと語気荒く詰め寄った。与平には医者の領分を侵《おか》しているという気持ちはない。

ただ話を聞くだけだ。

丁寧に事情を説明して、ようやく納得して貰った。

同心の小者をしている男は、朝から晩まで扱き使われて、ろくに自分の時間もないことに不こぼした。商家の旦那の世話になっている女は、この頃《ごろ》、旦那が通って来ないことに不安を覚えていた。年も年なので、先行きのことを考えると気が滅入《めい》るらしい。女房に浮気の疑いを持っている男、姑《しゅうとめ》の意地悪をこと細かく説明する若女房。相変わらず、人々の悩みは尽きなかった。

伽羅《きゃら》の香りがしたと感じた時、与平の目の前に紫のお高祖頭巾《こそずきん》の女が座った。どこかで見たような感じの女にも思えたが、与平はなるべく客の顔をじろじろ見ないようにしていたので、すぐには気がつかなかった。女は腰掛けに座ってから、しばらく口を開かなかった。

それもよくあることである。与平は客が自分から話を始めるまで辛抱強く待つ。

与平は女の気持ちを和《やわ》らげるつもりで、足許に置いてある火鉢から鉄瓶を取り上げ、急須《きゅうす》に湯を注いだ。

「お舅《とう》さんがお茶を淹《い》れるところを初めて見ました」

おずおずと言った女に与平はぎょっとなった。

「おなかちゃん……」

お高祖頭巾のせいで、別人のように見えた。だが、黒目がちの大きな瞳《ひとみ》は、まぎれもなくおなかだった。

「その節はご迷惑をお掛けしました」

おなかは慌てて頭を下げた。

「いいや。こちらこそ、作次のせいで、あんたに迷惑を掛けたよ。勘弁しておくれ」

「お舅さん、悪いのはうちの人じゃありません。皆んな、あたしが悪いんです」

おなかは切羽詰まったような声を上げた。

「わたしがここで聞き屋をしていることは知っていたのかい」

「ええ」

「それでわざわざ？　だが、帰りが心配だよ」

「すぐ近所に母方の伯母《おば》がいるんです。うちの人のことがとても贔屓《ひいき》で。それで、伯母の所へ泊まるつもりで出て来ました」

「やあ、それで少し安心したよ。夜道は物騒だからね」

「先月の晦日にうちの人が出て行ったばかりなのに、もうお父っつぁんとおっ母さんは、どうだどうだと縁談を急かすのです。あたし、とてもたまりません」

「わかるよ、あんたの気持ちは」

一人になったおなかが与平には不憫《ふびん》だった。

何んという早合点なことをしたのだろうかと、与平は再び思った。

「どういう訳か、うちは男の子が育たなかったのです。あたしの上に兄が三人いたそうですけど、生まれる前に死んだり、生まれても五つくらいでいけなくなっているんです。あたしがようやく生まれて、お父っつぁんとおっ母さんは心から安心したと思います。だから、子供の時から、あたしはうさぎ屋を継ぐのだと言われて育ったんです。あたしもそれは納得しておりました。でも、気に入らない相手だったらどうしようと心配していたんですよ」

「作次は気に入ってくれたようだね」

そう訊くと、おなかは子供のようにこくりと肯いた。それから手巾《しゅきん》でそっと眼を拭った。

「だが、もうこうなってしまったんだから、仕方がないよ。あんたは向こうのご両親の勧める人と一緒になりなさい」

「いやです！」

おなかは、その時だけきっぱりと応えた。

「いやだと言ったところで、もうけりはついてしまったのだよ」

「あたしは、うちの人から何も話をされておりません。うちの人はいきなり店を出て行ったんです」

「そうかい、何もあんたに言わなかったのかい。達者で暮らせとも……」

「唇を噛んで、あたしを睨んで、それで逃げるように。あたし、足袋裸足《たびはだし》で後を追いました。うちの人、ものすごい顔で来るなって怒鳴りました。往来で、あたし、声を上げておいおい泣きました……」

「堪忍しておくれ」

与平の声もくぐもった。作次の気持ちもおなかの気持ちも切なかった。

「もう一度だけ、うちの人と話がしたい。お父っつぁんやおっ母さんに言えば、未練だと叱られるけど」

「話をしたらいいよ。三年も一緒にいたんだ。すぐに諦めはつかないだろう。きっと作次も同じ気持ちだろう。作次はね、今、両国広小路に床見世を出して商売をしているよ」

「本当？」

おなかは泣き笑いの顔になった。作次が仕事をしていることで、少し安心したのかも知れない。

「お舅さん。あたし、訪ねて行っていいでしょうか」

「邪険にされてもいいのなら、構わないよ。日中はずっと向こうにいる。いらっしゃい、いらっしゃい、仁寿丹はいかがです？　竜王膏もございます。そこの奥様、血の道には観音湯が効きますよ、なんてね」

　ふふ、とおなかは低い声で笑った。「眼に見えるよう」と呟《つぶや》く。

「柔らかい絹物の着物なんざ着ていないよ。縞木綿《しまもめん》に黒い前垂れを締めて、仁寿堂の印半纏《しるしばんてん》を羽織っているよ」

「さぞかし似合っているでしょうね。うちの人、羽織姿は、あまりいただけなかったから」

「ああ。男振りが三分上がって見えるよ」

「ありがとう、お舅さん。これで少し気が楽になりました」

　おなかは立ち上がり、深々と頭を下げた。

　二人の仲が元に戻るとは思えなかったが、作次と会って話をすることで、おなかが少しでも納得してくれるのならと与平は思った。

　おなかの伽羅の香りはしばらく辺りに漂っていた。十五の娘が十八になった。これからという時に二人は別れてしまったのだ。それもこれも周りのせいだ。

　与平はその中に自分も含まれていると思う。苦い気持ちだった。

「大旦那様……」

　表戸の通用口からおよしが顔を覗《のぞ》かせた。

「ああ、およし。そろそろ仕舞いにするよ」

「そうですか。お銚子、一本、つけましたよ」

「気が利くねえ」

「若旦那様が一緒にお飲みになりたいそうです」

「そうかい……」

「この頃の若旦那様、あまり外にはお出かけになりません。変ですよね」

「大人になったんだろう」

「そうでしょうか。それならよろしいんですけど」

およしは机や腰掛けを運ぶのを手伝った。

「およし、あんたが本当の娘だったらいいのにと、この頃考えるよ」

与平はそんなことを言ってみた。

「あたしも同じです」

「どうだい、富蔵と一緒になったら」

「いやですよ。あたし、難しい人は嫌いなんです」

「富蔵は難しい男かい」

「ええ。大旦那様の息子なのに、人柄はちっとも似ていない。本当に困った人です」

およしの言葉に与平は苦笑した。昔、女房のおせきに、何を考えているのかわからないと言われたことを思い出した。

「寒くなったね。およし、風邪《かぜ》を引くんじゃないよ」

「ありがとうございます。大日那様こそ、お気をつけて」

およしはふわりと笑った。その顔が可愛かった。

五

神無月《かんなづき》に入ってから陽気のいい日が続いていた。作次は日中、両国広小路で働き、夕方、仁寿堂に戻る。その日の売り上げを帳簿に記すと、晩飯を食べ、仕舞い湯に行く。帰りが少し遅いのは、湯屋の後で居酒屋にでも廻っているからだろう。本店では長男の家族が賑《にぎ》やかである。倖《しあわ》せな兄の家族を見るのは、今の作次には辛いことに違いない。

作次はいやなことを忘れようとするかのように商売に励んだ。おなかが表南茅場町に来たと伝えたかったが、作次の顔を見ると与平はどうしても言えなかった。作次は、家の中では明るく振る舞っている。無理をしていると思う。そんな作次におなかのことを伝えるのは酷のような気がした。

うさぎ屋を出た作次をおなかは追い掛けたという。来るなと怒鳴った作次の胸中はいかばかりであったろう。それを思い出すと、与平はたまらない気持ちだった。

たまには作次と外で飯を喰うかと思った与平はおせきにそのことを伝え、店が終わる夕方に広小路へ出かけた。

茜色《あかねいろ》の夕焼けが眩《まぶ》しかった。この様子では、明日も天気になるだろうと思った。作次の床見世は両国橋の左袖にあり、後ろは大川に面している。

広小路は店仕舞いする時刻で、それぞれに葦簀で店の前を覆い、荒縄で縛ったりして後始末をしている所が多かった。だが、作次の店はまだ暖簾を引っ込めてもいなかった。

(ご精が出るね。だが、もう仕舞いにして飯を喰いに行こう。鰻《うなぎ》がいいかい？　それとも鍋物《なべもの》にでもしようか)

そんな言葉を用意して、与平はいそいそと床見世に近づいた。

「帰れ！」

突然、中から作次の甲走《かんばし》った声が聞こえ、与平は、ぎょっとした。慌てて物陰に身を寄せると、作次がおなかを外へ押し出すのが見えた。おなかは決心して作次を訪れたのだ。

だが、このていたらく。おなかの立つ瀬も浮かぶ瀬もなかった。外に押し出されても、おなかは気丈に中へ戻る。作次はまた怒鳴った。

「あたし、死ぬ。いいのね、それでも」

おなかは脅《おど》すように言った。そんな言葉を吐く娘とは、今まで与平は思ったこともない。通り過ぎる者も怪訝な眼で二人を見ていた。

「勝手にしろ。商売の邪魔になる。帰れ」

「よそは店仕舞いしている。お前さんだってそうだろ？　あたし、邪魔なんてするもんか」

「うるさい！」

「そう、話も聞いてくれないつもりね。あたしがどうなろうと、お前さんの知ったことじゃないって訳ね。明日、土左衛門《どざえもん》になったあたしを見ても、お前さんは何も感じないのね。わかった、ようくわかった。あたしは他の男を亭主にするぐらいなら死んだ方がましなのよ。それなのに、お前さんはあたしの気持ちをわかってくれない。冷たい男だ。まるで氷室《ひむろ》のよう。夏になっても、この店は、さぞかし涼しいでしょうよ……さよなら。お前さん、これで本当におさらばね」

おなかは手で口を覆い、床見世に背を向けた。「ああ」と与平にため息が出た。何をどうしてよいのかわからなかった。

だが、次の瞬間、作次は外に出て「おなか」と呼んだ。おなかはびくっと身体を震わせ、恐る恐る振り返った。

「知らないぜ、どうなっても……」

自棄《やけ》のような言葉が作次から出た。おなかは胸に手を当てて息を調《ととの》えている。喜びで心《しん》ノ臓《ぞう》が激しく鳴っているのだろう。

おなかはゆっくりと作次に近づいた。作次はそこで初めて笑った。笑った作次におなかは縋りついた。そして声を上げて泣いた。

道行く人々は驚いた顔で足を止める。

「あーあ、やってられねェぜ。往来でよう」

そんな言葉も聞こえた。だが、二人には何も聞こえないだろう。与平は踵《きびす》を返した。

これでよかったと思う一方、うさぎ屋のことが与平に重くのし掛かる。与平は空を仰いだ。暮れなずむ空に一番星が鈍く光っていた。

(だけど、別れたくないって言うんだから、仕方がないじゃないか。わたしにどうしろとおっしゃる)

うさぎ屋伝兵衛に応える言葉を与平は早くも考えていた。ぼんやりと空を見つめて佇《たたず》む与平の傍を人が通る。辻駕籠が通る。天秤棒《てんびんぼう》を担いだ物売りが通る。江戸随一の繁華街、両国広小路の雑踏は与平の思惑に構わず、いつもの表情を見せていた。たとい、与平の命が尽きても、その風景は変わらず続くだろう。

「つまらん」

与平は独り言を呟き、仁寿堂に歩みを進めた。

開《かい》運《うん》大《だい》勝利《しょうり》丸《がん》

一

霜月師走《しもつきしわす》は、路上で聞き屋をする与平には辛《つら》い季節だ。年々、寒さがこたえるようになった。いっそ休んでしまおうかと思う日もあるが、当てにしてやって来る客のことを思えば、どうしてもそれはできなかった。

与平は毎月、五と十のつく日に自分の店の裏手へ机と床几《しょうぎ》を出して客の話を聞く。月の半ばと晦日《みそか》近くには八丁堀の表南茅場町にある出店《でだな》の前でも行なっている。聞き屋はその名の通り、人の話を聞くものだが、商いと呼ぶには少々、語弊があるような気がする。与平自身も別に小遣い稼ぎのつもりはなかった。その証拠に聞き料というのは特に定めていない。客が気持ちで置いてゆくものを黙って受け取っているだけだ。持ち合わせがない者には「結構です」と断ってもいる。

人の話をただ聞くというのは簡単なようで案外、難しい。相槌《あいづち》の打ち方にも工夫がいる。

時には欠伸《あくび》を催すような退屈な話を聞かされる時もあるが、客が見ず知らずの人間に胸の内を明かしていると思えば、いい加減な態度はできない。できるだけ誠実な気持ちで接するよう努めてきた。そんな与平の姿勢が客にも伝わっているのだろうか。聞き屋を始めた頃に比べると客の数は増えていた。

もっとも、増えたと言っても二、三人だった客が多い時で十人ほどになる程度で、何十人も行列ができるということはない。暮六つ（午後六時頃）から四つまでの二刻《ふたとき》（約四時間）ほど客の相手をする。場合によっては深更に及ぶこともある。

客の中には半刻近くも喋《しゃべ》り続ける者がいた。そうかと思えば、言いたいことをいっきに喋り、疾風《はやて》のように去って行く者もいる。全く人は様々である。

常連の客というのもない訳ではない。それは主《おも》に独り暮らしの者だ。喋る相手がいないので、与平に喋ることで憂《う》さを晴らしているのだ。話の内容は他愛《たわい》ないが、聞いていておもしろいこともある。たとえば、いつも餌《えさ》をやっている野良猫が客の顔を見て「ごはん」と催促するという。猫が言葉を喋る訳はないと思うが、いや確かに自分にはそう聞こえると言って客は譲らない。気のせいか、与平の家で飼っている猫も時分時に鳴く声が「ごはん」と聞こえるようで与平は苦笑したものだ。

与平は自分のしていることを人助けと思っていないが、土地の岡っ引きである鯰《なまず》の長兵衛が言うように酔狂なこととも思っていなかった。穿《うが》った言い方をするなら毒にも薬にもならないことだ。しかし、この世には毒にも薬にもならないことが時には必要なのだと思う。ようやく聞き屋の意義を自分なりに悟ったと思ったら、皮肉なことに与平は体力の衰えを感じていた。あと何年、聞き屋を続けられるだろうか。最近与平は、そのことばかりを考える。

師走に入ったばかりのその日もめっきり冷え込み、今にも空から白いものが落ちて来そうな気配だった。日中、散歩した両国広小路界隈《かいわい》も木枯らしが落ち葉と一緒に砂埃《すなぼこり》を舞い上げていた。通り過ぎる人々も寒そうに襟許《えりもと》を搔《か》き合わせ、前屈《まえかが》みで歩いていた。与平の女房のおせきは「お前さん、今夜はお休みしたらどうですか。風邪《かぜ》でも引いたら大変ですよ」と、心配そうに言った。

「そうだなあ……」

与平は食後の茶を飲みながら思案した。聞き屋をする日は家族より早めに晩飯を食べることにしている。台所では長男の嫁のおさくと次男の嫁のおなかが女中のおたみと一緒に食事の仕度をしていた。薬種屋の仁寿堂は住み込みの奉公人が多いので仕度も大変である。

薬種屋の大旦那《おおだんな》というのが与平の表の顔だった。もっとも、与平は五十歳の時に隠居をしていて、家業のほとんどは長男の藤助の采配《さいはい》に任せていた。

おなかは日中、両国広小路の床見世《とこみせ》で商売をしている次男の作次を手伝い、夕方になると、ひと足先に本店《ほんだな》に帰り、今度は晩飯の仕度を手伝う。実家のうさぎ屋にいた頃より疲れるはずだが、おなかは存外元気に毎日を暮らしていた。

おなかのことで与平はうさぎ屋と険悪になっていた。というのも、おなかはうさぎ屋の一人娘で、作次はそこに婿入りしていたのだ。

子供ができないことを理由に、作次はうさぎ屋から離縁されて実家に戻った。おなかの両親は娘可愛さと、うさぎ屋の将来を案ずるあまり、作次に子種がないと考えてしまったのだ。全く馬鹿な話だった。だが、作次を諦《あきら》め切れないおなかは家出同然に後を追って来た。

もちろん、うさぎ屋の両親は血相を変えておなかを迎えに来たが、おなかは帰らないと意地を通した。

うさぎ屋の主《あるじ》の伝兵衛は、それなら親戚《しんせき》の倅《せがれ》を跡継ぎに据《す》える、後悔して戻って来ても、うちの店の敷居はまたがせないと、捨《す》て台詞《ぜりふ》を吐いて帰って行った。ふた月前のことである。

それからおなかは仁寿堂で一緒に暮らしていた。おせきが何かと気を遣っているが、時々、実家の両親を思い出すのか塞《ふさ》ぎ込んでいる日もある。そんな時でも作次は優しい言葉など掛けない。

「めそめそしているなら、帰れ」と一喝する。おなかはきッと顔を上げ、「帰りません！」と声を上げる。おなかは結構、気の強い女だと与平は思っている。作次は作次なりにうさぎ屋の今後のことを案じているようだが、もはやどうすることもできなかった。おなかは奉公人達の食事を箱膳《はこぜん》に並べながら、ふと与平と目が合った。その拍子にふわりと笑った。与平も笑顔を返した。

「おなかちゃん。辛くはないかい？　うさぎ屋さんにいたら、台所仕事なんてしなくてもよかっただろうに」

与平はねぎらいの言葉を掛けた。

「いいえ。とても楽しいですよ、お舅《とう》さん」

おなかは健気《けなげ》に応《こた》える。いじらしい気がした。

「そうかい」

「お舅さん、おなかちゃんは煮物の腕が上がりましたよ」

おさくがおなかを持ち上げるように言った。

「お義姉《ねえ》さんがびしばし仕込んでくれるから」

おなかは悪戯《いたずら》っぽく応える。

「びしばしは余計よ」

鳶《とび》職の娘で育ったおさくは威勢がよい。陰でこそこそ悪口を言ったりしない。不足があれば面と向かって言う。最初は驚いていたおなかも、この頃はすっかり慣れた様子である。

おなかと一緒にいるので作次の表情も明るくなった。それが与平にとって僅《わず》かな救いだった。

長男夫婦と次男夫婦、孫二人に囲まれて暮らす与平はつくづく倖《しあわ》せ者だと思っている。母親が早くに亡くなり、兄弟もいなかった与平にとって今の暮らしは一番望んでいた家族の形でもあっただろう。

「お舅さん、風が出てきましたよ。それでも聞き屋をなさいますか」

おなかは勝手口の戸を揺らす風の音に耳をそばだてて訊《き》いた。

「大したことはないよ」

与平はそう言って腰を上げた。ここで休んだら、この次もずるずると休んでしまいそうだった。おせきは慌てて与平の身仕度に手を貸した。綿入れの着物に対《つい》の羽織。さらに風除《かぜよ》けの被布《ひふ》を羽織る。着物の下は千草《ちぐさ》の股引《ももひき》、黒足袋《くろたび》。それに膝掛《ひざか》けをすれば寒さは凌《しの》げる。

「うう、さぶッ」

作次が身体《からだ》を縮めて戻って来た。

「お前さん、お帰りなさい。どうする？　湯屋へ先に行く？」

おなかは嬉《うれ》しそうに訊いた。

「そうだなあ。後にすると面倒だから先に行くか。おう、与一、おいちゃんと一緒に湯屋へ行くかい」

　作次は台所の座敷で絵本を読んでいた五歳の与一に声を掛けた。与一は長男の藤助とおさくの息子で、その下の娘のおみつとは年子である。おみつは与一の読む絵本を一緒に覗《のぞ》き込んでいたが、作次の言葉に顔を上げ「おいちゃん、あたいも行く」と、張り切った声を上げた。

「おなかちゃん、作ちゃんと一緒に湯屋へお行きよ。あんたはおみつを洗ってやって」

　おさくが口を挟んだ。

「でも、まだ晩ごはんの仕度が……」

　おなかは気後れした顔で言う。

「もう、あらかた済んだから、後はあたしとおたみがやるよ。ゆっくり温《あった》まっておいで」

　おさくは鷹揚《おうよう》に言った。

「子供達、風邪、引かないかねえ」

　おせきが心配する。

「おっ姑《か》さん、これからどんどん寒くなる一方だ。今からそんな心配をしていたら、冬の間は湯屋に行けなくなりますよ。なあに、ゆっくり温まって、ごはんを食べて寝たら大丈夫ですって」

おさくは豪気に言う。二人の子供を麻疹《はしか》や疱瘡《ほうそう》を乗り越えてここまで育てた自信が溢《あふ》れている。

「よし、決まりだ。おなか、仕度しな」

作次は与一を胡坐《あぐら》の中に座らせておなかに命じた。おなかは与一とおみつの着替えの用意を始めた。もうそれも手馴《てな》れたものだ。

「お父《と》っつぁん、こんな日も聞き屋をするのかい」

作次は笠《かさ》の紐《ひも》を結んでいる与平におなかと同様に訊いた。

「ああ」

「結構、続くもんだなあ。おれはとても真似《まね》できねェ」

「なに、二十日も過ぎたら今年は仕舞いにするさ。それまで、あと何回もないよ」

「そうけェ。ま、がんばってくれ」

作次はそう言ってにいッと笑った。

二

与平が店の裏手に机を出し、小さな置《お》き行灯《あんどん》に火をともすと、着膨れて達磨《だるま》のような与一とおみつの手を引いて、作次とおなかが湯屋へ行くのが通りの向こうに見えた。笑い声が聞こえた。早く姪《めい》や甥《おい》っ子ではなく、自分達の子供を連れて行けばよいと思うのだが、こればかりは与平の思い通りにいかない。

　木枯らしが滲《し》みる。与平は膝掛けを引き上げて客を待った。向かいの水茶屋《みずぢゃや》はとっくに店仕舞いした。代わりに隣りの按摩《あんま》の徳市の家の軒行灯に灯《あか》りがともっている。徳市はまだ外に出て来ない。徳市は年寄りの母親と二人暮らしだった。徳市も今夜は寒いからおよしよ、と母親に言われているのだろうか。

「おう、さぶいな」

　顔を上げると、ほろ酔いの髪結《かみゆ》いの千蔵が床几に座った。千蔵は両国広小路で商売をしている男だった。

「親方は、もう一杯やって来たのですか」

　暮六つの鐘が鳴ってから幾らも時間は経っていなかった。

「こうさぶくちゃ、素面《しらふ》じゃいられねぇよ。早仕舞いして、なじみの飲み屋にいたわな。外に出たら飲み足りねぇような気になり、酒屋に寄ったのよ。ご隠居、どうでェ、一杯やらねェか」

　千蔵は携えていた一升徳利を持ち上げた。

「そうですなあ。お客さんに酒臭い息を吐くのはどうかと思いますが、少し飲めば身体が温まるでしょうな。お言葉に甘えてほんの少しご馳走《ちそう》になりますか」

与平はさほど遠慮せず、用意していた湯呑《ゆのみ》を差し出した。千蔵は徳利の栓を抜き、酒を注《つ》いだ。

「ついでだ。おれもここで少し飲んでいくぜ。ご隠居、湯呑を出しつくれ」

「はいはい」

与平は慌てて盆に伏せていた湯呑を取り上げて渡した。

「ちょいと話をするが、お代は酒で勘弁してくんな」

千蔵は抜け目なく言う。与平は笑って肯《うなず》いた。ひと口飲んだ酒は胃の腑《ふ》に下りてから、かッと熱くほてってった。冷たい足も次第に温まってゆく。

「冷える季節には酒が一番ですな。親方もこの頃は商売が大変でしょう」

与平は千蔵の労をねぎらった。

「おうよ。おれの所は大川の川風がまともに吹きつけるんで往生すらァ。客は火鉢に当たって順番を待っていてもよ、寒さがこたえるんで、途中でこの次にすらァと帰って行く者が増えた。商売、あがったりでェ」

千蔵はそう言ったが、さほど暮らしに詰まっているふうはなかった。千蔵は髪結いの傍ら掏摸《すり》の親玉だということを与平は知っている。

「賭場《とば》でもいい目は見ねェ。全くこの頃はついていてねェ。縁起かつぎに例の開運大勝利《かいうんだいしょうり》丸《がん》でも買おうかと思っている」

「開運大勝利丸？」

聞き慣れない薬の名が出て与平は怪訝《けげん》な眼になった。

「ご隠居は知らなかったのけェ。近頃評判になっていらァ」

「どこの薬種屋が売り出しているのですかな」

「薬種屋じゃねェ。何んでも本所の痩《や》せ浪人が考えついたものらしい。そいつを飲めばツキが回って来るとよ」

薬は薬種屋ばかりが売り出すとは限らない。小間物屋でも自分の店の目玉商品として店前に堂々と薬の引き札（広告）を貼《は》り出している所があった。武家が内職に薬を拵《こしら》えることもある。だから、浪人者が薬を売っても別に珍しいことではないが、それにしても大袈裟《おおげさ》な名をつけたものだ。

「大道で商売を始めたようだが、こいつが当たって、我も我もと客が押し掛けているそうだ。実際、それを飲んで富突きの大当たりを引いた奴《やっ》もいるらしい。まぐれだな」

そうは言ったが、千蔵は大いに気を引かれている様子でもあった。

「まあ、鰯《いわし》の頭も信心からという諺《ことわざ》もありますので」

与平は仕方なく応えた。

「景気上昇団子というのも売り出されているぜ。そいつは広小路にある。だがおれは、買ったことはねェ。『大当たり』なんぞと名のついた酒があったら買うかも知れねェが」

千蔵は冗談めかして言うと湯呑の酒を飲み干した。それから、ふと思いついたように続けた。

「ご隠居の店でも何か景気のいい薬を売り出したらどうでェ。仁寿丹《にんじゅたん》だの、観音湯《かんのんとう》だのは抹香《まっこう》臭くていけねェ。おっと、こいつはおれが言ったんじゃねェよ。客の受け売りよ」

千蔵は与平の気分を害さないようにとり繕《つくろ》った。仁寿丹と観音湯は仁寿堂が売り出している薬の名だった。

「これはこれは畏《おそ》れ入ります。親方、どんな薬の名がよろしいでしょうな」

与平は試しに訊く。客の求めに応えることも商人の心得だ。

「そうさなあ……」

千蔵は暗い空を見上げて思案した。酔いが回って先刻よりも寒そうな感じではなくなっていた。

「………」

「美顔丸《びがんがん》…恋薬《こいやく》…娘湯《むすめとう》…なんてどうだ」

「うまくねェか」

千蔵は言葉に窮した与平に甲高《かんだか》い声で笑った。

「美顔丸というのは飲めば美顔になるという薬ですかな」

「おうよ。醜女《しこめ》が争って買うぜ」

「美顔にならなかったら？」

「……………」

今度は千蔵が言葉に窮した。

「がんがんと続くのは耳障りですよ。それに恋薬とはいかにも怪し気だ。娘湯は新しくできた湯屋かと勘違いしますよ」

「なるほどなあ。名前《なめ》ェってのも難しいもんだな」

千蔵は苦笑いして腰を上げた。

「そいじゃ、そろそろ行くぜ。ご隠居、風邪引くなよ」

「ありがとう存じます。お酒、ご馳走様でした」

千蔵は「なあに」と応え、徳利を肩にひょいと担いで夜道を去って行った。

与平は開運大勝利丸のことを考えた。原料は何んだろう。身近にある薬草でも使っているのか。

しかし、それに開運大勝利丸と名づけたところは頭がいい。一過性の流行だろうが、それでも痩せ浪人は貧苦から解放されたことだろう。世の中は何が当たるか知れたものではない。千蔵から言われた訳ではないが、与平は藤助と相談して何か新薬の開発をしようかという気持ちにもなった。店は繁昌《はんじょう》していると言っても、ここ数年の売り上げは横ばい状態だった。

鯰の長兵衛は現れなかった。徳市も今夜は休みにするようだ。聞き屋の客も今夜はもう現れないだろうと思った矢先、与平の前に薬籠《やくろう》を携《たずさ》えた三十がらみの男が座った。町医者のようだ。

「時々、ここを通る時、あなたの姿をお見掛けしておりました。どうやら、人の話を聞くご商売らしい」

――はい。さようでございます。

「わたしの話を聞いていただけますか」

――もちろん。

「お代はいかほどですか」

――特に決めてはおりません。お客様のお志で結構でございます。

「では二十四文お支払い致しましょう」

――ありがとう存じます。

男は前払いで二十四文を払った。向かいの水茶屋で並の客が置いていく茶代に匹敵する値《あたい》だった。

「いつもここでご商売をなすっているのですか。八丁堀でもお見掛けしたような気がしますが」

男はつるりと剃《そ》り上げた頭を僅かに傾《かし》げた。

医者は按摩と同様に頭を丸めている者が多い。男は八幡黒《やわたぐろ》の頭巾《ずきん》を襟巻き代わりにし、黒縮緬《くろちりめん》の羽織を着ていた。着物に疎《うと》い与平の目にも上等の品と映った。もの言いも下卑ていない。それなのに与平が男から胡散臭《うさんくさ》いものを感じたのはなぜだろう。しかし、与平は穏やかな笑顔で男に応えた。

――八丁堀にはわたしの倅の出店がございます。月に二度ばかりあちらへ行った折、ついでに聞き屋をしております。

「ということは仁寿堂さんでしたか。いや、そうではないかと前々から察しをつけておりましたが」

――はい、商売は倅達に任せましたので、わたしはこうして暇潰《ひまつぶ》しをしておる次第で。

「暇潰しとは言わんでしょう。こんな冷える夜まで外にいたんじゃ」

――ま、それもそうですが。お客様はお医者様ですね。お近くにお住まいですか。

「いや、わたしの家も八丁堀にあります。本日はこちらへ往診に来たついでに、なじみのこれの所へ寄ろうかと思った訳で」

男はこれと言った時、小指を立てた。面倒を見ている女がいるようだ。与平は男から感じた胡散臭さの理由に少し合点がいったような気がした。

——お客様のお話というのは、そのおなごのことですか。

そう訊くと男は低く唸《うな》った。

「そういうことになりますかな」

——そろそろ、鼻についてきたので、切れ話でも持ち出そうかと……。

「いや、その逆だ。どうも本気になりそうなので、この辺りでどうにかしないと墓穴を掘りそうだと思いまして」

——奥様が怖いのですね。

「妻はおりません」

——………。

それなら何を迷うことがあろうかと与平は内心で思った。さっさとその女を女房に据えたらいいのだ。しかし、男にはそうできない事情があるようだ。

「わたしは時々、田舎《いなか》に帰るので江戸を留守にします。少し顔を見せないと、女はどうしたどうしたと探し廻るのです。もしも妻に迎えたら、わたしは気軽に田舎へ帰れないことになります」

——おとなしく留守番をする人ではないということですね。

「うむ」

与平は小鬢《こびん》の辺りを指で掻いた。

──一緒に田舎へお連れすることもできないのでしょうな。

そんなことを言ってみた。

「当たり前です。安房上総《あわかずさ》まで連れて行くのは足手纏《あしでまと》いになる」

男は吐き捨てるように応えた。与平は安房上総と男がひと括《くく》りに言ったのが気になった。

安房国《あわのくに》と上総国は隣り合っているが別々の土地だ。まさか故郷が二つある訳でもあるまいと思った。

「田舎に行って内職をしなければ、わたしの暮らしが立ち行かないのです。江戸で町医者をしているだけでは、ろくに芝居見物もできませんよ」

男は芝居見物が趣味のようだ。そこで与平は安房上総の文句に、ふと思い当たることがあった。「助六《すけろく》」（助六由縁江戸桜《ゆかりのえどざくら》）のきびきびした啖呵《たんか》に「……江戸紫の鉢巻に髪はなまじめ、刷毛先《はけさき》の間《えええだ》から覗いてみろ、安房上総が浮絵《うきえ》のように見えるわ」というのが確かあったはずだ。ちらりと芝居の話に水を向けると、男は顔見世狂言《かおみせきょうげん》の団十郎の演技がもう一つだったの、半四郎の踊りは相変わらずよかったただのと感想を言った。かなりの芝居通にも思えた。ひとしきり芝居の話を語ると、男は女のことを思い出したのか、笑顔を引っ込めた。

「どうしたらいいでしょうか」

男は不安そうな顔つきで与平に訊いた。

——さて、どうしたらとおっしゃられても、お答えのしようがありませんなあ。そういうことでしたら辻占《つじうら》の方がよろしいかと思います。何か手立てを考えてくれるはずです。

「何んだ、あなたは客に助言をしないのですか」

——はい。

「ただ人の話を聞くだけですか」

——そうです。

途端に男は白けた表情になった。無駄な刻《とき》を喰《く》ったと呟《つぶや》き、そそくさと腰を上げた。

——お役に立ちませんで。

与平は殊勝に謝った。男は立ち去ろうとしたが、ふと思い出したように口を開いた。

「竜王膏《りゅうおうこう》というのは、おたくの店の塗り薬でしたね」

——はい、さようで。

「切り傷によく効くらしいが、わたしの調合した薬は、さらにしもやけ、肌荒れにも効果があります。色が赤いので見た目はぎょっとしますが患者の評判はいい。試しにお使い下さい」

男はそう言って、着物の袖《そで》から貝殻の容器を取り出して机に置いた。与平は貝殻を開けた。なるほど赤い軟膏である。成分はちょっと見当がつかなかった。

——勉強のために使わせていただきます。

「もしも売り物になりそうだったら、どうですか、調合をお教えしましょう。ただし、それなりのことは考えて下さい」

暗に金の要求をしていた。与平は不愉快だったが「承知致しました、考えさせていただきます」と慇懃《いんぎん》に応えた。

男の姿が見えなくなると、与平は軟膏を手の甲に塗ってみた。すうっと清涼感が拡がった。男の言うことはまんざら大袈裟でもなかった。竜王膏はこれに比べて伸びがよくないし、匂《にお》いも悪い。与平は置き行灯に近づけて軟膏を観察した。貝殻には小さな紙片が貼りつけてあり、「赤膏」と墨で書かれていた。

「あかこう」と読むのだろう。

「赤膏か……」

女が唇に差す紅《べに》にも似ているが、赤膏はそれよりも色相《いろあい》が淡い。化粧《けわい》の品としても通用しそうな気がした。そうなったら女の客が増える。少々金は掛かるが、新薬として売り出せば元は取れるだろう。久々に与平は商人としての気持ちを思い出していた。

「ご隠居……」

もの思いに耽《ふけ》っていた与平の頭にだみ声が降った。両国広小路界隈を縄張りにする岡っ引きの長兵衛だった。とんでもなく厚い綿入れの半纏《はんてん》を引っ掛けている。猪首《いくび》が綿入れの襟の中に埋まっていて見えない。

「さっき、医者らしいのが来ただろう？」

長兵衛は探るような目つきで訊いた。どうやら男を見張っていたらしい。

「ええ……」

「どんな話をした」

「どんな話って、しがない町医者じゃ暮らしが立ち行かないとぼやいておりました。何かわたしに助言を求めていたようですが、あいにくわたしは……」

「そうだよなあ。ご隠居は客の話をただ聞くだけだ。辻占じゃねェわな」

「おっしゃる通りですよ」

「他に何か喋っていたか。女の話とか、国の話とか」

「ええ、まあ」

与平は曖昧《あいまい》に言葉を濁した。

「そいつは何んでェ」

長兵衛は与平が手にしている赤膏に眼を留めた。

「よく効く薬なので、仁寿堂で売り出す気があるのなら調合を教えるとおっしゃいました」

「只《ただ》じゃねェんだろ？」

「もちろん、何がしかのものはお支払いしなければならないでしょう。ですが、まだそこまで話は進んでおりませんよ」

「あいつはなあ、臭《くせ》ェんだよ」

長兵衛は葱臭《ねぎくさ》い息を吐いた。あんたも臭いと与平は言いたかった。

「近頃、上総房州《ぼうしゅう》を股《また》に懸ける押し込み集団が噂《うわさ》に上っているのよ。関八州《かんはっしゅう》の役人が躍起になっているが、とんと捕まらねェ。仕事をすると足取りを消しちまうのよ。どうもそいつ等は江戸者らしいと思われている」

どうやら長兵衛は、あの男に疑いを持っているようだ。

「そうですか……」

「義経袴《よしつねばかま》を穿《は》いて身拵えも十分でよ、夜陰に乗じて事を起こすんだ。首領は三十がらみのいい男で、頭ァ、大たぶさに結っているということだった。ところがあいつは見ての通りの坊主頭だ」

「だから親分はもう一つ自信が持てないのですね」

「おうよ」

「親分、頭なんてどうにでもなりますよ。芝居の役者のことを考えたら……」

与平はそこまで言って唐突に黙った。もしも医者の男が押し込みの首領だったとしたら、変装することは十分考えられる。それよりも仲間がいるのなら、それは芝居の関係者ではないかと、ふと思ったのだ。男は芝居通でもあった。

「ご隠居、何か思い当たるのかい」

「いえ……」

だが与平は、自分の考えていることを長兵衛には言わなかった。たとい、男が極悪人でも与平にとっては聞き屋の客だ。客の話は他言無用と肝に銘じてもいた。長兵衛には、大たぶさの頭が鬘《かつら》ではないかとそれとなく言った。それで十分だろう。

「相変わらず口が堅《かて》ェな。ま、手前《てめ》ェのことは梃子《てこ》でも喋らねェご隠居にご用の筋を訊くのも野暮だが」

また始まった、と与平は内心で舌打ちする思いだった。長兵衛は先々代の仁寿堂の主が火事で焼け死んだことにこだわり、与平に疑惑の目を向けることをやめなかった。

三十年以上も前のことだ。長兵衛が与平を探るのは同じく岡っ引きをしていた父親の遺言だという。その長い年月を長兵衛は意に介するふうもない。その意味では骨の髄まで岡っ引きなのだろう。

「おれが死んだら、身内で縄張りを継ぐ奴はいねェ。赤の他人に譲ることになるだろうよ。そうなりゃ、ご隠居の張り込みも終わりだ」

長兵衛はため息交じりに言う。

「親分より先にわたしの方がお陀仏《だぶつ》になりますよ」

与平はすげなく応えた。長兵衛は与平より十歳《とお》ばかり年下だ。

「いいや、そうでもねェぜ」

長兵衛は伏し目がちになって続けた。

「この頃、酒が喉《のど》を通らなくなった。近所の藪《やぶ》に診《み》て貰《もら》ったら、肝《かん》ノ臓《ぞう》が相当にいかれているってよ。おれァ、がっくりきたぜ」

与平は何んと応えてよいかわからなかった。

「若《わけ》ェ時の無理が祟《たた》ったんだろう。昔は相当、無茶をしていたからな」

「後で薬をお届けします。しじみ貝の液汁を煮詰めて粉にしたものです。ついでに薬草《やくそう》人参《にんじん》も」

「ありがとよ。だが、おれの一番の薬は……」

長兵衛はそこまで言って与平の顔をじっと見た。

「何んでしょう」

与平は訝《いぶか》しい眼で長兵衛に訊いた。

「ご隠居が昔の罪を白状することでェ」

「………」

「邪魔したな」

長兵衛はそう言って去って行った。厚い綿入れ半纏にも拘《かかわ》らず、長兵衛の背中は小さく見えた。手にしている貝殻が氷のように冷たく感じられた。風はやんだ。その代わり、静かな雪になった。雪はふわふわ頼りなく貝殻の上にも落ちた。雪は落ちた先から解け、赤膏と書かれた文字を滲《にじ》ませた。与平はその様子を飽かず眺めていた。

三

翌朝は雪が二寸ほど積もっていた。喜んでいるのは与一とおみつばかりで、外に配達に出た手代が雪に足を取られて滑ったとやら、大八車の車輪が雪にとられて先へ進めないとやら、色々、不都合が起きていた。薬を買いに来た客も口々に今朝《けさ》の雪には難儀したと声高に話していた。

与平は茶の間の炬燵《こたつ》に入って、長男の藤助と向きあっていた。目の前には赤膏が置かれていた。

「お父っつぁんはこれをうちの薬として売り出したい訳だ」

藤助は赤膏に視線を向けて訊いた。色白のうりざね顔には、まだ青臭い若さが匂う。それでも薬種組合の評判はなかなかいい。しっかりした跡継ぎだと与平は褒められる。

「使い心地がいいし、色も変わっている。きっとお客様も気に入ってくれると思うよ」

与平は熱心に勧めた。

「竜王膏はどうするつもりですか」

藤助は不満そうな表情で訊く。

「竜王膏は竜王膏として今まで通り売ったらいいじゃないか。昔からの贔屓《ひいき》もいることだし」

「赤膏の評判が上がれば竜王膏の出番はなくなりますよ。竜王膏は仁寿堂が始まって以来の伝統の軟膏だ。原料はよその店に引けを取らないほど吟味している。時代とともに、より使いやすいように工夫もしてきた。ここで俄《にわ》かに赤膏に鞍替《くらが》えするのは感心しませんね」

藤助は至極当然の理屈を言った。

「それもそうだが、この赤膏は医者が作ったものだ。医者が太鼓判を押した物なら間違いない。きっと売れる」

与平には自信のようなものがあった。

「看板料を支払わなければならないのでしょう？」

「ああ……」

だが藤助は詰《なじ》るような口調で訊いた。

「いかほどですか」

「それはまだ、はっきりしていないよ」

「最初から看板料を口にするとは、どうも怪し気な医者だ。法外な看板料を吹っ掛けられそうな恐れもある。わたしは承服できませんね」

藤助の心配はもっともだった。だが、あの医者が押し込みの首領だとしたら、いずれお縄になり牢《ろう》に収監されることが考えられる。

そうなったら赤膏も闇に葬られる。与平はその前に製造方法を手に入れたかった。長年、薬屋をやってきた与平にとってそれほど目の前の赤膏には魅《ひ》かれるものがあった。だが、藤助が賛成できないのなら、この話はご破算である。諦めるしかなかった。

「それよりも、わたしは開運大勝利丸の方が気になります」

藤助は話題を変えるように言った。

「何んだって？　それこそ怪し気じゃないか」

与平は眼を剝《む》いた。

「この間、番頭と一緒に本所に行って様子を見て来たんですよ。いや、聞きしにまさる人気でした。浪人は女房と近所の者に手伝わせて薬を作っておりましたが、作った傍《そば》から売れるんで間に合わないと嬉しい悲鳴を上げておりました。女房は暮らしがよくなったのはありがたいが、このままでは自分の身体がもたないだろうとこぼしておりました」

「原料は何んだい」

与平は試しに訊いた。

「なに、さして目新しい物は使っておりませんよ。野山の野草を採って来て干し、それを磨《す》り潰して固めたものです。ただし、そこからがミソで、でき上がった品物は近所の祈禱師《きとうし》に頼んで開運祈願をしております。原料の費《つい》えは祈禱料と、開運大勝利丸と刷らせた薬袋だけだそうですよ」

「…………」

「浪人は仁寿堂に薬の製造を任せてもいいようなことを言っておりました」

「で、お前はその気になった訳だね」

「いけませんか」

「一時的な流行の尻馬に乗るのは、それこそ仁寿堂の信用に傷がつく」

「だから、表向きは仁寿堂の名前は出しません。売るのも、せいぜい作次の床見世ぐらいにしておきます。後は浪人の方へ回して、うちは手間賃を取るだけです」

与平の知らない間に藤助はすっかり根回しをしていたようだ。むっと腹が立ったが与平は堪《こら》えた。仁寿堂の実質的な主は藤助である。

「お前の好きにしたらいい」

与平は突き放すように言うと「どれ、散歩に行って来るか」と、炬燵に両手を突いて腰を上げた。藤助の大袈裟なため息が聞こえた。隠居するということは、商売に口を挟めなくなることでもあったと与平はいまさらながら思い知った。寂しい気がした。

防寒の身仕度をして与平は表に出た。久しぶりに履いた雪下駄が歩き難《にく》い。与平はゆっくりと歩みを進めた。まずは作次の床見世だった。風は相変わらず冷たかったが、空は晴れているので遠くの山々がくっきりと見える。

通りには所々、雪の小山ができていた。その雪に陽射しが反射して大層眩《まぶ》しかった。

作次は竹箒《たけぼうき》で積もった雪の後始末をしていた。

「ご精が出るね」

声を掛けると作次は手を止め、にッと笑った。

「お舅さん、中へお入りなさいまし」

おなかが出て来て、与平を中へ促す。見世の奥には二畳ばかりの座る場所がある。日中、二人はそこで店番をし、弁当も食べる。火鉢を置いているので、座ったら身動きするのも容易ではない。それでも二人は狭い床見世で楽しそうに商売を続けていた。

身体を横にして奥に入って行く時、並べられている品物の中に見慣れない薬袋が目についた。

開運大勝利丸だった。藤助は根回しどころか、すでに行動を起こしていたのだ。

「作次……」

与平は表の作次に呼び掛けた。

「これは藤助の差し金かい」

薬袋を摘《つま》み上げて訊くと、作次は少し悪びれた表情で肯いた。薬袋には赤で「開運大勝利丸」と大書されていた。

「兄貴に言われたもんで」

作次は、もごもごと言い訳した。

「お舅さん、黙っていてごめんなさい。この見世で売るなら、まあいいかと思いまして」

おなかが助け船を出した。さすが商家の娘だと与平は内心で思った。商売になりそうだと思ったら、すぐに品物を並べてみる。実際は作次より、おなかが乗り気だったのだろうと与平は思った。

「広小路の床見世で売る分には、わたしもうるさいことは言わないが……」

与平は渋々応えた。

「ああ、よかった」

おなかは胸を押さえてほっと安心した表情になった。

「それで、売れるのかい」

与平は気になって訊いた。

「ええ、そりゃあもう。一番の売り上げがこれですもの。ね、お前さん」

おなかは作次に相槌を求める。作次は二、三度、眼をしばたたき「ああ」と応えた。

「そうかい……」

「親父《おやじ》、本当は反対なんだろ？」

作次は与平の表情を窺《うかが》いながら訊く。

「わたしは医者が拵えた軟膏を売り出そうと思っていたんだが、藤助に断られた。その後で大勝利丸に肩入れする話を聞かされたんだよ。ところが、ここへ来てみたら、すでに売られていたんで、少し驚いただけさ」

「ま、大勝利丸の人気は一時的なもので、長続きしないだろうとは思うが、それでも儲《もう》けがあるのはありがたいよ。親父、しばらく黙って見ていてくれよ」

「わかった」

与平が応えると作次も安心したように笑顔になった。

「そうだ。鯰の親分は肝ノ臓の調子がよくないそうだ。お前、この見世を始める時、親分に世話になったから、しじみと人参、仁寿丹を届けておくれ。奴は喜ぶよ」

与平は長兵衛のことを思い出して続けた。

作次は驚いた顔をした。

「親分、具合が悪いのか……殺されても死なないほど丈夫に見えたけど」

「年を取れば誰でも具合が悪くなるよ。わたしも明日はどうなるかわからないよ」

「親父はまだまだ大丈夫だよ」

「どうしてそんなことが言える？」

「もうお陀仏だと言う奴に限って長生きをするもんだ」

作次は与平をいたわっているのか、そうでないのかわからないような言い方をした。

「ま、お前とおなかちゃんの子供の顔を見るまでは長生きしたいと思うが」

「さて、そいつはどうかな」

作次は、さっと笑みを消した。今までさんざん言われてきたことだった。作次は半ば、子供のことは諦めているのかも知れない。

「お舅さん、がんばります」

だが、おなかは張り切って口を挟んだ。

「馬鹿！」

作次は照れた様子で声を荒らげた。

雪は昼過ぎにはあらかた解けた。与平は夕方になったら八丁堀へ出かけようと思った。三男の富蔵と大勝利丸のことを話し合いたかった。富蔵なら自分の気持ちをわかってくれるだろうとも思った。

四

与平が八丁堀の出店に顔を出すと、女中のおよしが喜ぶ。晩飯には張り切って与平の好みそうなお菜《さい》を並べてくれる。それも与平の楽しみだった。

「大旦那様、本日はお天気がよろしいので、聞き屋をなさるには絶好のお日和《ひより》ですね」

およしは飯をよそったり、茶を淹《い》れたりしながら盛んに与平に話し掛ける。傍で富蔵が苦笑して鼻を鳴らした。

「この寒い冬に絶好の日和もあるもんじゃない」

「あら、風がなくて、星も出ていますよ。静かな夜は聞き屋には絶好です」

およしと富蔵の掛け合いは、まるで夫婦漫才《めおとまんざい》だった。富蔵はおよしを女房にしたいらしい。だが、およしは富蔵の気持ちなど、まるで気づいていなかった。歯がゆいような気もするが、しばらく与平はそんな二人を眺めていたいと思う。

「作次の床見世で開運大勝利丸を売り出したよ」

与平は箸《はし》を動かしながら、さり気なく言った。白身の刺身、魚の煮付け、青菜のお浸しが箱膳に並んでいた。いずれも与平の好物だった。

「売れるからだろ？」

富蔵は手酌で酒を飲みながら応えた。

「ああ。一番の売り上げがそれらしい。藤助が段取りをつけたんだ」

「効能は嘘《うそ》か本所（本当）か知らねども、まず売る人の大勝利丸、って落首もあるほどだからね。だけど本店では売らないんだろ？」

「本店に置いたら恰好《かっこう》が悪いだろう。老舗《しにせ》の仁寿堂も流行を追い掛けるのかと陰口を叩《たた》かれるよ」

「兄貴は、売れるとわかっている物をみすみす指をくわえて眺める男じゃないからね。すぐに作ちゃんの方へ手を打ったんだろう。やるね、兄貴も」

富蔵は感心したふうだ。

「売れりゃ、何んでもいいのか」

与平は富蔵を睨《にら》んだ。

「そうは言わないけど、商いは売れることが、まず大事だよ。お父っつぁんも大目に見ろよ。昔とは時代が違うんだぜ」

「生意気を言う。お前も偉くなったもんだ」

与平は皮肉っぽく言った。

「大旦那様には何か他にお考えがあるんじゃないですか」

およしは与平の気持ちを察して訊いた。

与平は、つかの間、黙った。

「そうなのかい」

富蔵は与平の返事を急《せ》かした。

「八丁堀の町医者が調合した軟膏があるんだよ。赤膏と呼ばれている。竜王膏よりも伸びがよくて使い心地がいいんだ。わたしは仁寿堂の新製品として売り出したらどうかと勧めた。ところが藤助は竜王膏が喰われると言って反対したよ。そのくせ、開運大勝利丸には大いに肩入れしてる。お前の言うように昔とは時代が違うのかねえ。わたしは藤助の考えていることがさっぱりわからなくなったよ」

与平は気落ちした表情で言った。

「赤膏は八丁堀の町医者の中野良庵《なかのりょうあん》という男が拵えたものだ。奴、うちの店にも来たぜ。売り出す気はないかって。なあ、およし」

富蔵はおよしに相槌を求めた。

「ええ。お金の掛かった身なりをしている方でした。赤膏は確かによく効くお薬ですけど、大旦那様、あの方、幾らで患者さんに分けていると思います？」

「高いのかい」

「高いどころの騒ぎじゃありませんよ。一分ですって」

「一つでかい」

「もちろん。小さな貝殻にほんのちょっぴり入っただけでその値段ですもの、若旦那様は呆《あき》れてよそへ当たって下さいとお断りしたんです。そんな軟膏を使えるのは大金持ちしかありません。もしも、若旦那様がうかうか引き受ける様子でしたら、あたしは叱《しか》られる覚悟でお止めしましたよ。でも、若旦那様はまんざら馬鹿でもありませんでした」

「馬鹿とは何んだ。仮にも主人に向かって」

富蔵はそう言ったが顔は笑っていた。

一分は一両の四分の一だ。薬九層倍《くすりくそうばい》と悪態をつかれる薬種屋でも、たかが軟膏にそのような法外な値段はつけない。これはよほど金の掛かる事情があるのだろうと思った。

「親父、兄貴の言うことを聞いておくのが身のためだよ」

「ああ」

与平はあさはかだった自分を恥じた。もしも中野良庵なる者の話を進めたら、看板料は何十両、いや、平気で百両以上も要求しかねないと思った。

「よくわかったよ……」

与平は低い声で言った。

「大旦那様、くよくよせずに、ほら、聞き屋をなさいませ」

およしは与平を励ますように元気のよい声で言った。

およしの言った通り、その夜は風もなく凌《しの》ぎやすかった。表南茅場町界隈の客にも常連がいる。裏店《うらだな》の太っちょの女房、太物屋《ふとものや》（綿や麻の織物を扱う店）の小僧、菓子屋の職人、奉行所の役人の組屋敷に奉公している小者《こもの》等だ。聞き料を景気よく弾む客はいない。大抵は波銭《なみせん》が一枚か二枚。太物屋の小僧は只だ。それでも所変われば品変わるで、時々、おもしろい話が聞けた。

八丁堀の組屋敷に奉公している小者からは、無茶な男の話を聞いた。男は、さる藩の百石取りの侍だったが、人を斬《き》るのが三度の飯より好きだった。何んでも生涯に八十一人斬ったという。近所はわざわいを恐れて当たらず障らずの態度をしていた。男はそれをいいことに居酒屋で只酒を喰らい、湯屋に行っても湯銭を払わなかった。ところが、業を煮やしたとある湯屋の女房が湯銭を払わない客はお入れしませんと、気丈に言ってしまった。男は周りの客の手前、その時はおとなしく引き上げたが、気持ちは収まらない。仕返しをしようと、小塚原《こづかつぱら》へ行き、処刑されたばかりの死体を掘り起こし、その手首を斬り取って手拭《てぬぐ》いに包み、翌朝、何喰わぬ顔でくだんの湯屋へ行き、湯船にそれを浮かべたという。

当然、湯屋は大騒ぎになり、一時は化物湯《ばけゆ》と呼ばれて寂れたそうだ。小者は愉快そうにその話をしたが、与平は内心で腹を立てていた。そういう非常識な男を野放しにして町方役人は何をしているのかと思った。

「だがよ、因果応報とはよく言ったものよ。奴は下谷《したや》で新しく誂《あつら》えた刀を試そうとして按摩を斬ったのよ。ところが刀に慣れていなかったせいで男は斬り損なった。按摩はよう、目の見えねェ者をよくも斬ったな、祟《たた》ってやると恨みの言葉を吐いたそうだ。それからしばらくして男は病に倒れ、とうとうお陀仏よ」

——天罰が下ったのですな。

与平もようやく溜飲《りゅういん》が下がった。

「おうよ。近所もほっとして、これでぐっすり眠れると喜んでいたわな。ま、この泰平の世の中にそんな男もいたってことが、おれには驚きだった。つくづく、侍《さむれ》ェの刀は人を斬るためのもんだと思ったぜ。そいつが戦の時代に生まれていたら、きっと英雄と呼ばれただろうよ。世の中の流れで人の価値も変わるってことだな」

小者はしみじみ言うと「また来《く》らァ」と、威勢よく引き上げて行った。小者は珍しくよい事を言ったと思う。なるほど、戦国の世であったなら、人斬りの男は腕のいい武将としてその名を轟《とどろ》かせたことだろう。だが泰平の世の中では、男は物騒な存在でしかなかった。己れの生き方を知らぬ者は哀れと言う外《ほか》はない。

立て板に水のごとくまくし立てた小者が去ると夜の静寂がやけに感じられた。だから一町も先から響く下駄の音も捉《とら》えることができた。下駄の音は次第に近づき、与平の前で止まった。

「もし、あなた様は最前からずっとここにいらしたんですか」

――はい、そうですが。

顔を上げると二十歳《はたち》ほどの素人とも見えない女が立っていた。置き行灯に照らされた顔は青ざめていた。袷《あわせ》の着物の上に天鵞絨《ビロード》の肩掛けをしているだけの軽装だった。

「三十二、三のお医者様を見掛けませんでしたか」

――さて、気がつきませんでしたが。

与平が応えると、女は長い吐息をつき、床几に腰を下ろした。

「占って下さいな。あの人が今、どこにいるのか」

女は与平のことを辻占と勘違いしているようだった。間近に見た女は結構な器量よしだった。鈴を張ったような眼、細い鼻、少し厚めの唇は男なら誰しもそそられるものがあるはずだ。

――あいにくわたしは辻占ではございません。人の話を聞く聞き屋でございます。

女は呆気《あっけ》に取られたような顔で「あら」と言った。それから、ちッと舌打ちした。

「ああ、ついてない。せっかく大勝利丸まで買ったのに、いいことなんてちっともありゃしない」

ここにも開運大勝利丸の評判が届いているのかと思った。

「あの人は、欲しい物は何んでも買ってくれるけど、しょっちゅう、雲隠れするのよ。

その度にあたしは不安な気持ちになる。もう、これっ切りだろうかって。今も家に行ったけど、もぬけの殻で、どこにいるのかわからない」

思いを掛ける男を探して女は冬の夜道をふらふら歩き回っていたのだろう。

――人探しなら御用聞きの親分に頼んだらどうです？

「いいえ、それはできないの。あたしの家は横山町にあるのだけど、昨日、土地の親分がやって来て、あの人に買って貰った物を見せろと凄《すご》まれたの。あたし、怖くって」

中野良庵ではないかと与平はふと思った。とすれば、良庵は安房上総に出向いているはずだ。大晦日を前にして内職に励んでいるのだろう。その内職が押し込みであるとは、目の前の女は、つゆほども知らないのだ。

――正月には帰って来るでしょう。それまであんたはおとなしくしていなさい。

与平は宥《なだ》めるように言った。

「聞き屋さん、うちの人を知っているの？」

女は怪訝な顔をした。

――一度、お会いしたことがあります。中野先生ですね。

そう訊くと女はこくりと肯いた。

そのすぐ後だった。女の座っている横にすっと黒い影が立ち「お梅《うめ》」と低い声が聞こえた。黒い影と思ったのは錯覚で、黒の筒袖《つつそで》の上着、義経袴、草鞋《わらじ》履《ば》きの恰好をした中野良庵だった。お梅と呼ばれた女は甘えた声を出して良庵に縋《すが》りついた。頬被《ほおかぶ》りをしていたが、頭は髷《まげ》の形が盛り上がっている。

「これは先生。旅からお戻りですか」

与平は気軽な言葉を掛けた。

良庵は照れ臭そうに笑い「たった今、戻ったところです。こいつがわたしの家に立ち寄ったらしい様子もありましたので、近所を探しておりましたが、案の定でしたな」と、応えた。

「こちらの方は少し疲れているご様子です。早くお家に帰した方がよろしいでしょう」

「ご面倒を掛けました」

良庵は低い声で与平に言った。

与平が「いや、とんでもない。面倒なんてことはございませんよ」と、応えようとした時、脇《わき》の路地から御用提灯《ごようぢょうちん》の二、三十も現れて良庵を取り囲んだ。

「北町奉行所である。中野良庵、安房上総における貴様の所業は明白。神妙にお縄を受けろ」

御用提灯の後ろから騎乗した与力らしいのが大音声《だいおんじょう》で言い放った。お梅は悲鳴を上げた。

役人は四方から梯子《はしご》を構えてじりじりと良庵を追い詰める。良庵は腰の刀を抜いた。

夜目にも切っ先が光る。

与平は突然のことに慌てたが、お梅が怪我をしないように袖を引っ張り、脇へ寄らせた。騒ぎを聞きつけておよしが顔を出したが「中にいなさい」と与平は制した。およしは慌てて「若旦那様！」と富蔵を呼んだ。

近所から野次馬もぞろぞろと出てきて、静かな通りはたちまち火事場のような騒ぎになった。

与平はお梅の身体を支えながら固唾《かたず》を呑《の》んで目の前の景色を見つめていた。

やがて多勢に無勢。良庵はとうとう捕らえられた。役人はお梅も連行しようとしたが、与平は「この人は関係ありませんよ」と口添えした。

「なに、話を聞くだけだ。事件に関係ないとわかれば、すぐに解き放ちになる。案ずるな」

捕物装束の役人はそう言った。

「大丈夫だよ」

与平はお梅を安心させるように言った。

「お手数を掛けるが、念のため、あなたもご足労願いましょう。すぐ近くの大番屋ですから道中の手間もいりません」

与平は役人の言葉に肯き、表戸の通用口から心配そうに覗いていた富蔵に「ちょっと行ってくるよ」と声を掛けた。およしは富蔵の腕にしがみつき、ぶるぶると震えていた。

とんでもない夜になったと与平は胸の内で嘆息した。

五

「ご隠居。てェへんだったな」

鯰の長兵衛は煙管《きせる》を遣いながら与平にねぎらいの言葉を掛けた。中野良庵が小伝馬《こでんま》町《ちょう》の牢に収監されてひと廻り（一週間）も経った頃、長兵衛は米沢町の仁寿堂を訪ねて来た。作次が届けた薬の礼を言ってから長兵衛はおもむろに事件のことに触れた。

午前中の仁寿堂は薬を求める客で早くも賑《にぎ》わっている。薬研《やげん》で薬草を砕く手代の横で、別の手代が小さな天秤秤《てんびんばかり》で薬の調合をしている。

藤助は贔屓の客と世間話に興じていた。店内は、決して居心地がいいとは言えないのだが、長兵衛は意に介するふうもなく、出された茶を啜《すす》り、煙草《たばこ》の煙をくゆらせていた。

「あの夜は真夜中まで茅場町の大番屋に留め置かれましたよ。お役人が情け容赦もなく中野先生を打ち据えるので見ていられませんでした」

与平は思い出して顔をしかめた。

「下手人《げしゅにん》だからな、仕方がねェわな」

「親分は、あの夜、捕物があるのをご存じでしたか」

そう訊くと「いや、おれは知らなかった。八丁堀が密《ひそ》かに手を回していたんだろうよ。奴は江戸に戻ればきっと女の前に姿を現すだろうってな。その通りになっただけよ。奴ももう少し姿をくらましていればいいものを、よりによって押し込みの恰好で現れたもんだから言い訳のしようがねェ。上総国の名主が襲われたんだ。一家皆殺しよ。だが、たった一人逃げのびた下男が奴等《やつら》の人相風体《にんそうふうてい》をこれこれと代官に告げたのよ」と、応える。

「先生はお梅さんがよほど心配だったんでしょうな」

「そうかも知れねェ。本気だったんだろうよ。悪党らしくもねェ」

長兵衛は苦々しい顔で吐き捨てた。

「仲間も捕まったのですか」

「ああ。広小路の芝居小屋の野郎どもでェ」

「そうですか」

やはり、という気がした。

「しかし、中野先生は、どうして安房上総まで出向いて悪事を働いたんでしょうか」

与平は続ける。

「奴と仲間は向こうの出身よ。餓鬼《がき》の頃、村の連中にひどい目に遭ったらしい。最初はその意趣返しだったが、回を重ねる内に本物の盗賊になったたって寸法だ」

長兵衛は簡単に言うが、そこにはもっと深い事情があるのだろうと与平は思う。だが、それを知ることは、もはや、できない相談だった。

「お梅は芝居小屋の隣りにある矢場にいた女だった。良庵がふと立ち寄り、お梅にその気になったんだろう。柄にもなく、お梅も良庵に本気になった。そいつが運の尽きでェ」

長兵衛は小気味よさそうに言った。

「お梅さんは開運大勝利丸まで買ったのに、ついていないとこぼしておりました」

「開運大勝利丸？」

「ええ。ほら、本所の浪人が大道で売り出して大層な評判になっているじゃありませんか」

「ふん、あれも早晩、お上《かみ》の手が入るだろうよ」

長兵衛がそう言った時、藤助がちらりとこちらを見た。与平は目顔で藤助を制した。

「どういうことですかな、親分」

与平はさり気なく長兵衛の話を促した。

「あんまり売れるんで、お上は人心を惑わす物と考えたのよ。運上金《うんじようきん》（税金）も納めていねェし、無理もねェこった」

「さようですか」

与平は自然に俯《うつむ》きがちになった。もしかして仁寿堂にもお上の手が及ばないとも限らなかった。

「どうしたい」

長兵衛は心配そうに訊いた。

「実は作次の床見世でその大勝利丸を売り始めたんですよ。もちろん、この本店や八丁堀の出店でそんな真似はしませんが」

「本所の浪人に頼まれたのけェ」

「ええ……」

藤助は真っ青になっていた。話をしていた客に「ちょいと失礼致します」と断り、与平の横に来た。

「親分、申し訳ありません」

藤助は深々と頭を下げた。

「お前ェさんに謝って貰っても仕方がねェ。だが、悪いことは言わねェ。すぐに床見世からその薬を引き上げな」

「承知致しました。親分、このことはくれぐれもご内聞に」

「ああ。そいつは先刻承知之助《せんこくしょうちのすけ》だァな」

長兵衛が応えると、藤助は慌てて銭箱から幾らか取り出し、それを懐紙に包んで長兵衛に差し出した。

「おう、すまねェな」

長兵衛は至極当然の顔つきで受け取った。

それから藤助は慌てて店から出て行った。作次の所へ行ったのだろう。

「あの薬を置くと決めたのは倅だろ？」

長兵衛は訳知り顔で訊く。

「はい。わたしはそんな怪し気なものは店の信用に関わると反対したのですが」

「言うことを聞かなかった訳だ」

「はい。ま、商売を倅に譲った手前、わたしも強く言えなかったもので、面目ありません」

「ところで、良庵だが……」

長兵衛は話題を変えるように言った。

「あの方が何か……」

「年内にはお裁きが下るそうだ。市中引き廻しの上、獄門だろう」

「…………」

「牢じゃ殊勝にしているらしい。で、八丁堀の旦那から言づかったんだが、良庵がお前ェさんに渡してくれとよ」

長兵衛は懐から書き付けを取り出して与平の前に置いた。

「これは？」

「さあ、手紙じゃねェのか。色々、世話になったという……」

「わたしは何も世話などしておりません」

「お梅は関係ないと口添えしたそうじゃねェか。良庵は嬉しかったのさ。そいで、あの世へ行く前に礼を言いたかったんだろうよ」

「さようですか。これはこれは」

お梅は大番屋にいた時、伯母《おば》という女が現れて引き取られて行った。泣きの涙で良庵の名を呼び続けていたお梅の声が今も与平の耳に残っていた。見つめる良庵の眼にも切なさが溢れていた。男と女は因果なものだと、与平はつくづく思った。

六

今年最後の聞き屋は暮の二十五日になった。

界隈にも年末のせわしなさが感じられる。

仁寿堂も大掃除、正月の仕度で店も母屋もてんてこ舞いだった。通りには早くも引《ひ》き摺《ず》り餅屋《もちや》が大八車に臼《うす》と杵《きね》をのせて足早に駆け抜けていた。引き摺り餅屋は年末に注文を受けた家々に道具を持って行き、そこで餅を搗《つ》く商売である。両国広小路にも正月物を売る床見世が増えた。

作次の床見世は屠蘇散《とそさん》を売るのに躍起であった。屠蘇散は屠蘇酒に混ぜるものである。普通は掛かりつけの医者が患者に正月の祝儀として出すのだが、それ以外の者は薬種屋で求めるしかない。

先日、うさぎ屋からおなかに晴れ着の反物が届けられた。家の敷居はまたがせないと啖呵を切っても、そこは親だ。正月に着たきり雀《すずめ》では娘が不憫《ふびん》だと、おなかの両親は思ったのだろう。おなかは涙ぐんでいた。ところが作次は仁寿堂が嫁の晴れ着も着せてやれない店だと思われたのが大層、癇《かん》に障った様子だった。

「作ちゃん、この着物に合わせて、あんたが帯を誂えておやりよ。どっちの顔も立つというものだ」

おさくが頭のいいところを見せた。作次は渋々肯いた。お蔭《かげ》でおなかは着物と帯を同時にせしめることができた。

与平はそれを見て、およしにも何か反物を買ってやりたいと思った。本店に来た富蔵にそっと言うと、富蔵は照れた顔で「実はおれもそう思っていたんだよ。それでどんなのが好みかと訊いたら、自分はいいから、気持ちがあるのなら、母親と弟妹達の反物がほしいと言ったのさ」と応えた。

「それでその通りにしてやったのかい」

「ああ」

「そいじゃ、わたしからと言って、およしに反物を届けておくれ」

与平の言葉に富蔵の顔が輝いた。おさくと孫達のことは、おせきがやるだろう。嫁達に平等に物を与えるというのも、これはこれで骨が折れるものである。

聞き屋の客を待ちながら与平は懐から書き付けを取り出した。良庵の書いた手紙である。

もう、何度読み返したことだろう。手紙には深く罪を悔いる言葉が並んでいた。お梅の今後を案じながらも、身から出た錆《さび》と観念してもいた。その手紙には赤膏の作り方が明記してあった。紅花《べにばな》、芍薬《しゃくやく》、椿油《つばきあぶら》、馬の油、蜜蠟《みつろう》等、いずれも高価な原料が並んでいた。金一分の値でも無理はないと思った。大いに気は引かれたが、与平は、やはり赤膏を仁寿堂で売り出すのは無理だろうと思った。竜王膏の倍の値段にしても採算が合わない。

「聞き屋さん……」

女の声がした。顔を上げると、そこにはお梅が立っていた。

「その節はお世話になりました」

——いやいや。落ち着きましたかな。

「ええ、何んとか。でもあの人を思い出すと自然に涙がこぼれるの」

——無理もないよ。だが、こうなっては仕方がない。あんたも済んだことは忘れてこれからのことを考えなさい。

「ええ……」

そうは言ったがお梅は袖で涙を拭った。与平は茶を淹れてお梅に勧めた。お梅はこくりと頭を下げて湯呑を手にした。

「あの人の家に行って、後始末をしたのですよ。いい着物がたくさんあったから本当は聞き屋さんにも差し上げたかったけど、凶状持ちの形見分けなんて喜ばないだろうと思いまして、近所の人に貰っていただきました」

——この年になれば着物なんてそうそういりませんから、お気持ちだけありがたく。

与平はお梅を傷つけないように応えた。

「あの人、医者のくせに馬鹿よ。開運大勝利丸をこっそり買っていたのよ」

——………。

「悪事なんて続くものじゃないのに」

——中野先生は捕まることを承知であんたの前に現れたんですよ。もしかして、ツキがあれば逃げおおせるかも知れないと考えたのでしょう。

「まさか」

お梅は信じられない眼で与平を見た。

――ツキは巡って来なかった。だが、これでよかったのだとわたしは思っております。

「なぜ」

――もうこれ以上、先生の手に掛かって亡くなる人はいなくなりましたから。

「…………」

――あんたが先生の悪事を止めたんですよ。

「本当に？」

お梅の声が掠《かす》れた。

――最後にあんたに会って、先生は覚悟を決めたんですよ。そう思って下さい。

「ええ」

――先生から赤膏の作り方を教えられました。できれば先生の遺志を継いでうちの店で売り出そうかとも思いましたが、それは諦めます。赤膏は先生とともに葬られるのがいいのです。

「そうですね」

お梅は得心したように肯いたが、いきなり机の上に貝殻の五、六個ほどをざらりと放って腰を上げた。やけのような仕種《しぐさ》だった。

「お邪魔様」

お梅は手短に言うと、急ぎ足で去って行った。貝殻に入った赤膏はお梅の聞き料だったのか、それとも良庵の形見分けのつもりだったのか、与平にはわからなかった。机の上の貝殻は微《かす》かに揺れていた。ひょこひょこと滑稽《こっけい》な動きだ。なぜか与平の脳裏には小伝馬町の牢で膝を抱えて貧乏揺すりをする良庵の姿が浮かんだ。もの哀しい気持ちだった。

師走の風が与平のうなじを嬲《なぶ》る。両国広小路の夜はまだ始まったばかりだ。

とんとんとん

一

樹々の葉ずれのような音をたてて雨が降る。空は仄白《ほのじろ》い光を僅《わず》かに残していた。そのせいで、辺りは、さほど暗くはない。江戸は梅雨《つゆ》の最中《さなか》だった。

与平は白っぽい雨に視線を向けながら源次の話に耳を傾けていた。源次は長男の嫁の父親である。鳶職《とび》を生業《なりわい》にしているが、町火消し「に組」を引き受ける頭《かしら》でもあった。気《き》っ風《ぷ》がよく、世話好きなので町内の人々に慕われている。源次は与平が具合を悪くしたと聞き、さっそく見舞いにやって来たのだ。源次は与平より七つほど年上だが、風邪《かぜ》もろくに引かない丈夫な男である。

開口一番、「大旦那《おおだんな》、ちょいと意気地がありやせんぜ」と、源次はちくりと皮肉を言った。与平は苦笑するしかなかった。

与平は花見の頃から、みぞおちが詰まるような感じがしていた。夜、蒲団《ふとん》に入ってから動悸《どうき》を覚えることがあった。近所の町医者に診《み》て貰《もら》うと、少し心ノ臓が弱っているという。用心のため、聞き屋の仕事は休んで静養していたのだ。見舞いをされるほどのことでもなかったが、源次は律儀な男だから知らん顔もできなかったらしい。

「今年ァ、梅雨に入っても、さっぱり雨ァ、降らなかった。こうと、ひと廻《まわ》りも続いたことはなかったんじゃねェですか。今日は久しぶりに降ったが、それでも、この様子じゃ、じきに上がりまさァ」

源次は煙管《きせる》の煙を吐き出しながら言う。

「そうですね。から梅雨の年なのかも知れません。雨が足りなくて稲に影響が出ないかと心配です」

与平は源次の話に相槌《あいづち》を打つように応《こた》えた。

「稲ばかりじゃねェでしょう。生薬《きぐすり》の材料も日照りになったら困るというもんだ」

源次は与平の商売を心配する。

「雨でも何んでも、物事は、こちらの思い通りには行きませんね」

与平は薄く笑って言った。

「んだな」

「近頃は火事もなくていい按配《あんばい》ですね」

江戸市中は、冬の季節ほど頻繁に火事は起きていなかった。町火消しの御用もひと息つけるというものだった。

「ですが、大旦那。雨降りの火事ってェのは始末が悪いもんですぜ。燻《いぶ》った煙で眼と喉《のど》をやられまさァ」

「それでも風の日よりもましでしょう。風に煽《あお》られたら、裏店《うらだな》なんぞは付け木のように、あっさりと燃えてしまう。その点、土蔵は丈夫なものですね」

ちょっとした大店《おおだな》なら土蔵を所持している。火が出たら大切な物を土蔵に運び入れ、鋳物《いもの》の扉の合わせ目に味噌《みそ》や土をなすりつければ、火は避けられた。与平は源次の気を引くつもりで言ったのだ。

「神田明神下の火事の時ァ、ひどい風の日だったなあ」

だが、源次は独り言のように呟《つぶや》いた。土蔵のことより、仁寿堂の火事を思い出したらしい。あれは確かに、ひどい風の吹く日だった。仁寿堂は、元は神田明神下に店があった。

「大旦那はあの時、幾つだったんで？」

源次は確かめるように続けた。

「まだ十八でした」

「そうけェ。そんなに若かったのけェ」

「頭だって若かったでしょう」

与平はからかうような口調で言った。

「んだ。おれも若かった。あれから四十年近くにもなるのけェ。月日の経つのは早《はえ》ェなあ」

源次は感心した表情で灰吹きに煙管の雁首《がんくび》を打った。

「本当ですね。わたしも五十四になりましたから」

「おれァ、還暦を過ぎた」

二人は顔を見合わせて苦笑いした。

「おれァ、何十回も火掛かりをして来たが、あの火事のことは忘れられねェ」

源次は、つかの間、遠くを眺めるような眼になった。

「どうしてですか」

与平は源次の皺深《しわぶか》い小さな顔を見つめた。

源次は小柄な男だった。上背がある与平と並ぶと首一つも違う。

「火事の煙がよう、何んとも不思議な色をしていた。紫色もありゃあ、黄色もあった。薬種屋が火事を出した時ァ、様々な色の煙が出るとは聞いていたんだが、実際、その通りだった。臭《にお》いもちょいと独特だったな」

「あの時は原料の薬草も相当の量を焼きましたからね」

「先々代の旦那は当時、幾つだったんで？」

源次は当時の主《あるじ》だった為吉の年を訊《き》いた。

先代は与平の父親の平吉で、その前が為吉になる。与平は、為吉とは血の繋《つな》がりがない。

平吉は為吉が主だった時、店の番頭をしていた男である。火事で店を焼いた後に平吉は暖簾《のれん》を譲って貰ったのだ。

「先々代は、確か、頭と同い年ではなかったでしょうか」

与平は心許《こころもと》ない表情で応えた。当時ははっきり覚えていたことでも、この年になると、すべてがあやふやで自信がなかった。

「そうけェ。するてェと、まだ、二十五、六だったのけェ」

源次は自分の年から当時の為吉の年に当たりをつけた。

「ええ」

肯《うなず》いて、改めて為吉が、ずい分、若くして亡くなったのだと与平は思った。当時、与平は為吉がやけに大人に見えていたのだ。

「年寄りでもあるまいし、いい若いもんが逃げ遅れるてェのは解《げ》せねェ話だ。焼け跡から運び出した時ァ、真っ黒で炭のようだった。腰でも抜かして歩けなかったんですかね」

「さあ」

「ま、火事に遭わなくても、早晩、店はいけなくなっていただろうな。借金でにっちもさっちも行かねェという噂《うわさ》だったから。何しろ、先々代の遊びが派手なのは有名だったからね」

あの頃のことを思い出すと与平の胸にほろ苦いものが込み上げる。来る日も来る日も店の金繰りに追われていた父親の姿が思い出されるからだ。

源次の言うように火事に遭わなくても店は潰《つぶ》れていただろう。不幸中の幸いで、火事のために、借金取りは催促を一時、見合わせてくれたのだ。

「先代は、よく踏ん張りましたよ。それもこれも大旦那のためでさァ」

源次は平吉を褒め上げる。

「ええ。親父《おやじ》が仁寿堂の暖簾を守ったと、わたしも思っております」

「先代も偉かったが、跡を継いだ大旦那も、これまた商売熱心で、店はここまででかくなった。お蔭《かげ》で、うちのおさくはいい所へ嫁入りできて倖《しあわ》せ者だ」

「おさくはよくやってくれます。さすが頭の娘だ」

「そんなこたァ……」

源次は照れて月代《さかやき》をつるりと撫《な》でた。だが、すぐに真顔になり「先々代のお内儀《かみ》さんは、今頃になって、亭主は誰かに殺されたなどとほざいているそうだ。とんでもねェことを言う女だ。あの火事は付け火じゃねェ。青物市場からの貰い火だ。何んだって、そんなことを言うのか、おれにはさっぱり訳がわからねェ」と言った。

「再婚先で、あまりいい思いをさせて貰えなかった様子です。それで、仁寿堂が元通りの商いをしていることを、やっかんでいるんでしょう。人の家はよく見えるものですからね」

為吉の女房だったおうのが、亭主の死因を調べ直すよう、土地の岡っ引きに働き掛けているのは知っていた。平吉が為吉を見殺しにしたのではないかと、おうのに面と向かって訊《たず》ねられたこともある。その時は、馬鹿なことを言いなさんなと与平は一喝した。

「調べ直したところで、今さらどうなるものでもなし。手前《てめ》ェはさっさと後添えに納まったくせによう」

源次は不服そうに口を尖《とが》らせた。

「先のことなんて誰にもわかりませんよ。うちの店だって、孫の代になったらどうなるか知れたものじゃありません」

「仁寿堂は大丈夫ですよ」

源次は与平を安心させるように言う。

与平はこくりと頭を下げた。

「早くよくなっておくんなせェ。ほれ、例の聞き屋の客も首を長くして待っておりやすぜ」

源次は与平を励ますように続けた。

「ありがとうございます。早く聞き屋ができるように養生します」

与平は源次に笑って応えた。

小半刻《こはんとき》後、源次は帰って行った。与平の枕許《まくらもと》に水菓子の籠《かご》が置かれていた。源次の見舞いの品である。嫁や孫達が喜ぶだろうと思った。与平はまた縁側の外に眼を向けた。雨脚は先刻より弱まったように感じられる。床に就いていなくても、梅雨の季節は、聞き屋の仕事はできない。それが僅かに与平の気持ちを楽にさせていた。しかし、源次の話で、またしても与平は昔の火事のことを思い出してしまった。できるなら、きれいさっぱり忘れたいでき事だった。炭のようになった為吉の亡骸《なきがら》。その死因に不審を抱《いだ》いている女房のおうの。おまけに土地の岡っ引きの長兵衛までが与平に疑いを持っている。与平は二、三度、頭を強く振った。その拍子に動悸を覚えた。

とんとんとん。誰かが与平の胸を拳《こぶし》で叩《たた》いているような感じがした。

与平はそっと掌《て》を胸に押し当てた。動悸はしばらく続いたが、その内に治まった。

二

女房のおせきは止めたが、与平は少し調子がよくなると聞き屋を再開した。

家の中にいても気ぶっせいだから、夜のひと時、店の裏手に机を出して客の話を聞くことは格好の気分転換にもなる。

実際、久しぶりに表に出ると夜風が心地よかった。

その夜、与平の前に通夜の帰りだという男が座った。最初、男は三間《けん》ほど先から与平の姿をじっと見ていて、意を決したように傍《そば》に来たのだ。

「お話、聞きますっていうのは人生相談ですか」

四十がらみのその男は訝《いぶか》しそうに訊いた。

――それほどご大層なものではありません。お客様のお話は何んでもお聞き致します。

与平は深編み笠《がさ》越しに男の表情を窺《うかが》った。お店者《たなもの》のようだが、貫禄《かんろく》と落ち着きが感じられるので、主か一番番頭ぐらいには見える。

男は与平の机の覆いに書いてある「お話、聞きます」の文句に誘われたらしい。

「つまらない話でも構わないかい」

――構いません。家の縁の下で猫が子を産んだ話をなさる方もいらっしゃいます。

与平がそう言うと、男は拳を口許に当てて、ぐふっと噴いた。

「今夜は知り合いの通夜だったんですよ」

男は改まった顔つきで話を始めた。

――さようですか。それで紋付羽織をお召しなのですね。夏場の弔いは難儀なものです。

与平は男の労をねぎらった。

「わたしより三つも若かったのですよ」

男の声にやり切れないものが混じった。

――仏さんは患《わずら》っていらしたのですか。

「いいや。ぴんぴんしていたよ」

――それでは、不意の事故にでも遭われたのですか。

「そうですね。不意の事故と言うしかないね。奴《やつ》は日本橋で呉服屋をやっていたんだよ。店の構えはさほど大きくなかったが、地道に商いをしていた。そのお蔭で三人の娘を嫁に出す時は世間に恥ずかしくないだけの仕度をしてやったものだ」

――息子さんはいらっしゃらないのですか。

「いるよ。上方の親戚《しんせき》の所へ修業に出していたんだよ。だが、こんなことになったんじゃ仕方がない。戻って親父の跡を継ぐだろうよ。まだ十八の若僧だ。恙《つつが》なく店を続けられるかどうか心配だよ」

――そうですね。しかし、お店《たな》には番頭さんや手代さんがいらっしゃるでしょうし、案ずるより産むが易《やす》しという諺《ことわざ》もありますから、傍《はた》が心配するほどのことでもないと思いますよ。

「あんたにそう言われると、少し、気が楽になるよ。何しろ、死んだ仏とは子供の頃からの知り合いなんで、とても他人事《ひとごと》とは思えないのさ」

――お客様は情けのある方だ。

「なあに」

与平の褒め言葉に男は照れ臭そうに笑った。

だが、すぐに真顔になり「実はね、奴が亡くなる十日ほど前に、わたしは奴から妙なことを囁《ささや》かれたんだよ」と言った。

――妙なこととは？

与平は怪訝《けげん》な眼を男へ向けた。男は一つため息をつき、唇を舌で湿した。

「そいつは麦湯かい？」

男は与平の傍にある竹筒に顎《あご》をしゃくった。

――はい。一杯差し上げましょうか。

「すまないね。向こうで酒を飲んだから、今頃になって喉が渇いてきたよ」

――素面《しらふ》ではいられなかったのでしょう。

「その通りさ」

男は湯呑《ゆのみ》に注《つ》いだ麦湯をうまそうに飲み干した。与平はお代わりを注いだ。

「あれは寄合の帰りだった。寄合の帰りには奴と縄のれんの店で一緒に飲むのがお決まりだった。煮しめを肴《さかな》にちろりの酒を酌《く》み交わし、埒《らち》もない世間話をするんだよ」

男は思い出すように言った。

──お楽しみのひと時だった訳ですね。

「ああ。とても楽しみだった。普段はお互い、曲がりなりにも店の主を張っているから、周りの者に崩れた姿は見せられない。奴と飲む時だけがほっとできたんだ」

男も呉服商を営むらしい。近くでは見かけない顔なので、もしかしたら川向こうの本所の人間なのかも知れないと与平は思った。

──そのささやかな楽しみもなくなってしまった訳ですね。

「そうだよ。これから誰と酒を飲んでいいのかわからないよ。わたしは、さっぱり友達のいない男でね」

──わたしもそうですよ。友達がいないから、こんなことをしているのかも知れません。

そう言うと、男は苦笑した。

「ところで、最後に奴が話したことなんだが」

──はい……。

「奴が店座敷で帳簿付けをして、内所《ないしょ》に戻ろうとした時、ふと、男の後ろ姿が見えたと言っていたんだよ。その男は奴の部屋にすっと入って行ったらしい」

与平は人の目を盗んで奥に忍び込んだこそ泥の類《たぐい》かと思った。

「慌てて後を追って部屋に入ると、どうしたことか男の影も形もない。奴の部屋に窓はあるが、窓の下は狭い濠《ほり》になっているから、そこから逃げだすには無理がある。たとい、逃げたとしても水音が聞こえるはずだ。そんな様子もなかったらしい。奴の部屋の隣りは仏間になっている。念のため襖《ふすま》を開けて仏間の様子も見たが、そこにも人の気配はなかったんだよ」

——気のせいだったのですか。

「奴も、そう思うしかなかったが、それにしては、男の後ろ姿がやけにはっきり眼に残っている。あれは誰だったのだろうと気になって仕方がなかったそうだ」

——ご先祖様の誰かが呼びにいらしたとか。

男の友人が急死したとすれば、その死を予想させるようなことがあったのだろうか。しかし、与平は幽霊とか狐狸《こり》の類は信じない男である。目の前の男の話を促すために言っただけに過ぎない。

「奴はその内、はたと思い当たった。男の後ろ姿は手前ェのものだったとね」

男の言葉に与平は一瞬、呆気《あっけ》に取られた。

それからざわざわと背中が粟立《あわだ》った。

「手前ェの後ろ姿なんて、誰も見たことがないから、奴も咄嗟《とっさ》には気がつかなかったのさ。手前ェの姿を見た者は死が近いと、わたしの婆《ばあ》さんが言っていたのを思い出したが、奴には、さすがに言えなかった」

——それで、仏さんの死因は何んですか。

与平は途端に気になって訊いた。

男は吐息をついて「これがばかばかしい話なんだ。奴が死んだのは雨もよいで寝苦しい夜だった。奴は寝つけないので部屋から廊下に出たらしい。廊下の前は坪庭《つぼにわ》になっているんだよ。冬場は雨戸を閉《た》てるが、この時期はそのまんまだ。松やつつじが植わっていてね、小さなひょうたん形の池まである。池の傍には庭師に運ばせた大きな石が幾つか置いてあるんだ。何んでも甲州から持って来たものらしい。奴は沓《くつ》ぬぎ石に揃《そろ》えてあった庭下駄を突っ掛け、庭に下りようとした。その時、どうした訳か足がすべった。つんのめった拍子に自慢の石に頭をぶつけ、そのままお陀仏《だぶつ》さ。朝まで誰も気づかなかったらしい」と、いっきに喋《しゃべ》った。

——何んともお気の毒なことです。

うまい悔やみの言葉が出なかった。与平はそんなことしか言えなかった。

「やはり、奴は寿命だったのかねえ」

——そう考えるしかありませんね。

「しかし、手前ェの後ろ姿を見た話はぞっとしたね。わたしも同じような目に遭った時は覚悟をするしかないのだろうか」

——お答えのしようがありませんなあ。そんじょそこらの怪談よりも恐ろしい。

「怖がらせて悪かったね。だが、この話は誰にもしていないのだよ。あんたに会ったから話してみたくなったのさ」

——畏《おそ》れ入ります。

「あんたも身体《からだ》には気をつけることだ」

——ありがとうございます。

男は話を終えると紙入れから波銭《なみせん》を五つ出して机の上に置いた。

——お気をつけてお帰り下さい。

「ああ。転ばないように気をつけるよ」

男は薄く笑って両国広小路の方向へ去って行った。

不思議なこともあるものだ。与平は自分も死ぬ時、何んらかの前兆があるのかと考えた。

死期は知りたいような知りたくないような、複雑な気持ちだった。

「ご隠居」

掠《かす》れた声が聞こえた。顔を上げると、土地の岡っ引きの長兵衛が傍に立《お》っていた。与平は久しぶりにその顔を見て驚いた。すっかり頬《ほお》の肉が落ち、眼も落ち窪《くぼ》んでいる。以前とは人相が変わって見えた。

「これは親分、お久しぶりでした」

与平はそう言って、机の前の床几《しょうぎ》に座るよう勧めた。長兵衛は緩慢な動作で座った。人相もそうだが、身体のきれも失われていた。

「ご隠居も聞き屋をするのは久しぶりなんじゃねェのかい」

長兵衛は上目遣いで与平を見る。

「ええ。心ノ臓の調子がよくありませんで、用心のため養生しておりましたよ」

「そうけェ。ま、気をつけるこった。おれも、どうも調子がよくねェやな。出歩くのが三度の飯より好きだった嬶《かか》ァが、この頃はじっと家にいる。おれを見張っているのよ。それだけでも相当に悪いんだなあと察しがつくぜ」

「そうですか。お医者さんは何んとおっしゃっているのですか」

「近所の藪《やぶ》は、今度倒れたら、命の保証はできねェとほざいた」

長兵衛は若い頃からの深酒が祟《たた》って、肝ノ臓を悪くしていた。

「それでは外を歩き廻ったりしちゃ身体に毒ですよ」

与平はさり気なく帰宅を促した。

「わかっているよ。嬶ァにゃ、いつくたばっても構わねェと大口を叩いているが、やり残していることが、あれもこれも気になってな、家にじっとしていられねェのよ」

「わたしも還暦までもつかどうか、まことに心許ない状況ですよ」

「お互《た》げェ、先が見えて来たってことよ。さあ、そこでだ、ご隠居。この際、何も彼《か》も白状してくんねェか」

長兵衛は与平の気持ちにつけ込む。長兵衛の言いたいことはわかっていた。神田明神下の火事のことだ。為吉の死に与平か平吉が手を加えたのではないかと長兵衛は考えている。

だが、長兵衛に確信はない。証拠もない。長兵衛は与平にずっと自白を促していたのだ。

「ご隠居。後生だ。冥土《めいど》の土産《みやげ》に明かしてくんねェ」

長兵衛は、仕舞いには縋《すが》るような声で言った。

「何度もお話しした通り、わたしには親分に白状することなどありませんよ」

与平はにべもなく応えた。

「もう一度訊く。先々代はなぜ死んだのよ」

長兵衛は執拗《しつよう》に繰り返した。

「火事の煙に巻かれたのでしょう。太い梁《はり》の下敷きになって身動き取れなかったのかも知れません」

「あん？」

今まで生気のなかった長兵衛の表情が動いた。

「そうなのけェ？」

確かめるように訊く。

「予想できることはそれだけです」

「見たのけェ？」

「見ていません。見ていたら助けますよ。あの時はいっきに火が回り、誰も手出しはできなかった。それは火消しの連中に訊けばわかることです」

「神田明神下の縄張りは『か組』だった。だが、当時の頭は、とっくにお陀仏よ。他の火消し連中も、いい加減、耄碌《もうろく》している者ばかりだ。何より、あの時のか組は火掛かりするのが精一杯で、周りに目を向ける余裕はなかった……こいつはおれの親父の言っていたことだ」

長兵衛は親子二代で、あの火事のことを探っていた。

「ご隠居が何をしようと、あの時は誰も気づかなかっただろうよ。に組の頭は、その時、助っ人に出ていたんで、幾らか当時のことを覚えていると言うものの、頭はご隠居の親戚だ。都合の悪いことは喋らねェだろう」

長兵衛は訳知り顔で続ける。

「それとこれとは別です。不審を覚えているなら、に組の頭に問《と》い質《ただ》したらいいでしょう」

与平は怒気を孕《はら》ませた声で言った。

「とっくに訊いてらァな。だが、何んも出て来なかった」

長兵衛はため息交じりに応えた。

「おうのさんも親分に何か言っているのでしょう？」

「蠟燭問屋《ろうそくどいや》の後添えに入った婆《ばば》ァのことか」

「そうです。以前におうのさんにも訊かれましたよ。うちの親父が先々代を見殺しにしたのだろうってね」

「そうなのけェ？」

長兵衛は、いちいち揚げ足をとるように訊く。それは長年、岡っ引きとして御用を務めて来た長兵衛の技でもあった。それで墓穴を掘った咎人《とがにん》も多い。与平は次第にいらいらしてきた。早く長兵衛を追い払いたかった。

「もう、済んだことはいいじゃありませんか。今さら真相がわかったところで誰も得をする人はいない。いや、仁寿堂が評判を落として店が傾けば、親分とおうのさんは満足なのでしょうが」

「おきゃあがれ！　おれァ、そんな了簡《りようけん》の狭《せ》めェ男じゃねェわ」

長兵衛は癇《かん》を立てた。

「ですが、仮にわたしと親父が先々代を見殺しにしたと世間に拡まればそういうことになります。仁寿堂は一巻の終わりでしょう」

「おれは真実を知りてェだけよ。他に魂胆はねェわな」

「親分の気持ちはわかりますが、わたしだって家族のために仁寿堂の暖簾を守りたいのです」

「蠟燭問屋の婆ァがうるせェのよ。もう一度、探れってね。だからおれも、ガタがきた身体を引きずって、こうしてやって来てるのよ」

「おうのさんは親分に幾らか握らせたのでしょう？　親分はそれに応えるためにも手掛かりがほしいのですね。何も摑《つか》めないでは申し訳が立たないから」

「見くびるな」

長兵衛はそう言ったが与平から顔を背けた。

恐らく与平が言ったことは図星なのだろう。

「おうのさんは意地になっているようにも見えます。このまま、おとなしくなるとも思えません」

与平はおうのの表情を思い出して言った。

「おうよ。その通りだ。仇《あだ》を討たねェ内は死んでも死にきれねェと言っていたわな」

やはり、おうのと長兵衛の繋がりはあるようだ。

「ご勝手に」

吐き捨てるように言った後で与平は口を閉ざした。やがて長兵衛は諦《あきら》めた様子ですごすごと引き上げて行った。

長兵衛は与平の言葉をおうのに伝えるだろう。それを聞いて、おうのはさらに怒りを募らせるはずだ。いやがらせをして来るかも知れない。息子達に、くれぐれも注意するように言っておかなければならないと思った。

糠《ぬか》のような細かい雨が降ってきた。

神田明神下の火事の翌日は雨だった。与平は突然、そんなことを思い出した。

「お前さん。雨になりましたよ。ささ、早く中へ。風邪でも引いたら大変じゃないですか」

おせきの詰《なじ》るような声が背中で聞こえた。

「今夜は、もう無理かねえ」

与平は未練たらしく訊いた。

「当たり前じゃありませんか」

おせきはぷりぷりした顔で机を庭に引き入れた。まだ五つ（午後八時頃）を過ぎたばかりだった。

三

晴れ間が多くなったので、そろそろ梅雨も明けたかと思うと、期待を裏切るように雨が降る。二、三日、すっきりしない天気が続いていた。

おうのが仁寿堂を訪れた日も、空は厚く雲に覆われていた。おうのは切り傷や火傷《やけど》に効く竜王膏《りゅうおうこう》を求めてやって来たのだが、あいにく、店にはおうのの顔を覚えている番頭はおらず、若い手代が店番をしていた。手代の亀助《かめすけ》は「へい。毎度ありがとう存じます。十五文いただきます」と応えた。その拍子におうのの表情が変わったという。

「あたしからお金を取るのかえ」

おうのは亀助を睨《にら》んだ。おせきを呼べ、与平を呼べと横柄な態度をしたおうのに、亀助は新手《あらて》の騙《かた》りかと考え「大旦那さんとお内儀さんはお留守です。代金をお支払いいただけないのでしたら品物はお渡しできません」と撥《は》ねつけた。それでおうのの頭に血が昇ったらしい。

あたしを誰だと思っている。お前は生意気だと大騒ぎになった。おせきは台所にいたが、与平は散歩がてら両国広小路の次男の店に顔を出していて、本当に留守だった。

そろそろ昼なので与平が店に戻ると、店の前に人垣ができていて、何かあった様子である。慌てて中へ入って行くと、おせきの這《は》い蹲《つくば》っている姿が見えた。その前でおうのが甲高《かんだか》い声で何か叫んでいた。

「どうしたんだい」

与平はさり気なくおせきに訊いた。

「お前さん……」

おせきは安堵《あんど》した表情で与平を見た。おせきの傍で亀助が小さくなっていた。

「藤助は？」

与平は亀助に長男の所在を訊いた。

「旦那さんは番頭さんと出かけております」

応えた亀助の眼が赤くなっていた。

「お内儀さん。本日はどのようなご用件でおいでになったんでございますか」

与平はおうのの機嫌を損ねないように柔らかく訊いた。

「孫が草でかぶれてしまったんだよ。それで竜王膏をつけたら治るだろうと思って、分けて貰いに来たのさ。ところが、そこの手代は当たり前の顔で代金を要求する。この店の奉公人は礼儀も何もわきまえない者ばかりだ」

おうのは勝ち誇ったように言った。

「只《ただ》で品物をくれと面と向かっておっしゃられても困ります。他のお客様の手前もありますので」

与平は至極当然の理屈を言った。

「何んだって？」

おうのは与平を睨んだ。

「お内儀さんは、もはや仁寿堂とは縁の切れたお人です。昔はともかく、今は勝手をおっしゃられても、こちらが迷惑ですよ」

弱みは見せられないと思った。へいへいと言う通りにしたら、おうのはどこまでもつけ上がるだろう。

「あたしは、この店の者だったんだよ」

「だから品物を好きに持って行っていいということにはならないでしょう。昔の縁で分けて貰いたいのでしたら、裏口からこっそりいらっしゃればよろしいんですよ」

「裏口だって？　与平、ものの言い方に気をおつけ」

おうのは周囲の目を意識して、あくまでも横柄な態度を崩そうとしない。

「たかりだ、たかり」

野次馬から声が上がると、おうのの顔は紅潮した。

「馬鹿におしでないよ」

吐き捨てるように言って、ようやく店を出て行った。

「お騒がせしました。何んでもございませんので、どうぞ皆様、お引取りを」

与平は如才なく野次馬を追い払った。

「いったい、お内儀さんはどうしたんだろう。あたし、まだ胸がどきどきしている」

おせきは内所に入って茶の用意をしながら言った。

「おうのさんは鯰《なまず》の親分に昔の火事のことを調べ直すように言ってるらしい」

「まあ……」

「おれと親父が先々代を見殺しにしたのだと思っている」

「調べ直したところで、今さらどうなるものでもないでしょうに」

おせきは源次と同じことを言う。

「昔、女中をしていたお前が、おうのさんの目からは贅沢《ぜいたく》をしているように見えるのさ」

「贅沢なんて、できっこありませんよ」

おせきは、その時だけ声を荒らげた。

仁寿堂の奉公人は出店《でだな》の分を合わせると二十人近い。その内の半分は住み込みである。それに長男一家、次男夫婦が本店《ほんだな》で一緒に住んでいる。食事の仕度も並大抵ではない。朝は炊き立ての飯に味噌汁、納豆、香《こう》の物。昼はうどんか蕎麦《そば》。夜は煮物。月に二度ばかりは魚が膳《ぜん》に乗る。粗末な食事とはいえ、大人数なので掛かりも多い。おせきの言うように贅沢ができる余裕はないのだ。

神田明神下から米沢町に移った当初は、おせきが一人で台所を賄《まかな》っていた。店は借金だらけだったので食事に遣《つか》える金は僅かだった。

おせきは魚河岸《うおがし》でゴミ溜《た》め行き同然の魚のアラを求めたり、青物屋で屑野菜《くずやさい》を貰ったりしてよく凌《しの》いだ。そういう経験をしているので貧乏暮らしが身に滲《し》みついている。仁寿堂が以前とは比べものにならないほど大きくなっても、おせきは女中や嫁達に倹約を口酸っぱく言っていた。

「芝居小屋で一度、お前を見かけたそうだ。その時、お前の着物がやけに上等だったと皮肉交じりに言ったことがある」

「そんな。女は芝居を見に行く時は、それなりの恰好《かっこう》をするじゃありませんか。晴れ着なんて数えるほどしかありませんよ」

おせきは不服そうに口を返した。

「わかっているよ。だが、おうのさんは羨《うらや》ましかったのだろう」

「仁寿堂がここまでなるのに、お舅《とう》さんやお前さんがどれほど苦労したか、あの人は知らないんですよ。あたしの芝居見物だって、この頃、ようやくできるようになったのに。羨ましがるなんて筋違いだ。こんなことになるなら、暖簾なんて譲って貰わなければよかったですね。お内儀さんに大きな顔をされずに済みましたもの」

「ああ。わたしもそう思ったが、仁寿堂の暖簾を守ることに親父は命を賭《か》けていたから、わたしも余計なことは言えなかったんだよ」

「お内儀さんに竜王膏を届けましょうか」

おせきはそれでも、すげなく追い返したおうのが気の毒になったのか、そう言った。

「その必要はない」

与平はきっぱりと応えた。

四

そろそろ大川の川開きが近かった。陰暦五月の二十八日から八月の二十八日までは川遊びの期間として定められている。その最初の日は花火大会だった。その日は店を早めに閉め、大川岸の舟宿の二階から花火を眺めるつもりだった。本当は涼み舟を頼みたかったのだが、次男の嫁のおなかが船酔いすると言うので舟宿になったのだ。

仁寿堂は暑気払いの薬がよく売れるようになった。薬名は和中散《わちゆうさん》。よその薬種屋では延命散《えんめいさん》と呼ばれるものだ。五服で値《あたい》、三十五文。一服を三度に分け、塩湯で用いる。疝癪《せんしやく》、腹下し、食あたり、霍乱《かくらん》、痞《つか》え、夏風邪と、万病に効果のあるものである。

与平は、川開きの夜は雨にならなければいいがと思いながら、聞き屋をするために裏の通りへ机を出した。

口開けの客は近所に住む女房だった。与平もよく顔を知っているおときという女である。

おときは三十五、六になるだろうか。舅《しゅうと》、姑《しゅうとめ》によく仕え、近所の評判がよかった。

「大旦那さん、こんばんは」

おときは気さくに言葉を掛けた。湯屋からの帰りだったのだろう。小桶《こおけ》を抱え、洗い髪を背中に散らしていた。普段は地味な顔立ちなので、さほど人目に立たないが、髪をほどいたせいか、いつもより艶《つや》めいて感じられた。

――湯屋へ行ってきたのかい。

「ええ。頭が痒《かゆ》くって。大旦那さん、いつもいつもご苦労様」

――なあに。

「聞き屋のお客さんはどんな話をするんですか」

おときは興味津々という顔で訊く。おときは、客になろうと思っていた訳ではなかったらしい。たまたま声を掛けたようだ。

――色々ですよ。

「色々ねえ……」

思案顔したおときに与平は座るよう促した。

「駄目よ、大旦那さん。あたし、お足は持っていないから」

——いいんだよ。たまにおときさんの話も聞いてみたいものだ。

「そうお？」

おときは小桶を脇《わき》に置くと、遠慮がちに床几へ座った。

——あんたは旦那や子供達の世話の他に、舅さんや姑さんの世話もある。大変だね。

与平は小耳に挟んでいることを口にした。

「ちっとも。うちの爺《じい》ちゃんと婆ちゃんは手の掛からない人なの。孫の世話もよくしてくれるし、あたしは大助かりなんですよ」

おときの言い方は、無理をしているようには聞こえなかった。愚痴を洩《も》らす女房がおおかただったから、与平はおときに爽《さわ》やかなものを感じた。おときの亭主は植木職人だった。

父親も同じ職業だったが、今は年のせいで隠居していた。

「あたし、息子ばかり五人もいるので、ごはんの仕度も大変なのよ。男の子は、ほら、食べるでしょう？」

——そうだね。

「お米代は仕方がないとしても、お菜代《さいだい》が間に合わないのよ。そしたら、爺ちゃんと婆ちゃんは狭い庭を畑にして、大根だの、茄子《なす》だのを作り始めたんですよ。元は植木屋だから育て方が上手なのよ。そりゃあ、おいしいの。さやえんどうなんて、うちでも食べ切れないほどよ」

——少しでもあんたの手助けがしたかったんだね。

「そう。あら、自慢ばかりして、ちっともお裾《すそ》分《わ》けをしなくてごめんなさいね」

——いいや。そんな気遣いは無用だよ。

「今度、必ず届けますね。爺ちゃんと婆ちゃんの青物のお蔭で息子達も丈夫に育っているんですよ。あたしもね、お産以外は床に就いたことがないの」

——結構なことじゃないですか。丈夫が一番ですよ。

「それでね、この間、あたし、ふと気づいたんだけど、今まで風邪を引いたことがなかったなって」

——ほう、それは羨ましい。

「うちの家族が皆んな熱を出して倒れても、なぜかあたしだけ平気なの。少し鼻がぐずぐずすることはあっても、ひと晩寝ると、翌朝はけろっとしているのよ。あたし、少し変じゃないでしょうか」

——本当に一度も風邪を引いたことはないのかい。

与平は信じられない気持ちだった。

「ええ。うんと小さい頃はわからないけれど、もの心ついてからは覚えがないの。風邪を引くとどうなるのか、正直わからないの」

そう言われて、与平はしみじみおときを眺めた。太ってはいないが、格別痩《や》せぎすでもない。肉がほどよく回った身体である。色はどちらかと言えば白い。だが、それだけではおときの達者な理由がわからない。

——何か特別なことがあるのかね。

「ないですよ、そんなものは。でも、ほうじ茶が好物で、しょっちゅう、飲んでますよ」

与平は低く唸《うな》った。ほうじ茶が身体の毒素を洗い流していたのだろうか。

——親方と一緒になる前は、どこか奉公していたのかい。

「ええ。深川の干鰯問屋《ほしかどいや》で三年ほど女中奉公しましたよ。お店のお菜と言ったら、毎度、ひじきと油揚げの煮物に漬け物ばかり。でも、他の人も、それで身体を悪くしたというのは聞きませんでしたよ。そうそう、口さみしい時は裏に干してある鰯《いわし》を摘《つま》んだものですよ」

干鰯は文字通り、鰯を干したものだが、主に畑の肥料として用いられるものだった。

——鰯は身体にいいと言うが、おときさんの丈夫の理由はそれだったのかねえ。

「さあ」

おときは自信のない顔で首を傾《かし》げた。

「つまんない話でごめんなさい。そろそろ帰らなきゃ。すっかり遅くなっちまった。それでなくても、うちの人に長湯だと嫌味を言われているんですよ。大旦那さん、お邪魔様。お休みなさい」

おときは笑顔で腰を上げた。おときが帰っても、湯上がりの残《のこ》り香《が》が、しばらく辺りに漂っていた。一度も風邪を引いたことがないというのは、ある意味で奇跡だ。世の中には様々な人間がいるものだと、与平は改めて感心した。

「親父」

次男の作次がほろりと酔った顔で与平に声を掛けた。

「一杯、引っ掛けてきたのかい」

与平はさり気なく訊いた。

「兄貴と一緒に飲んだのさ」

「へえ。珍しいじゃないか」

二人はお互い商売に忙しく、客や同業者の接待以外、外で酒を飲むことはなかった。

「今夜は特別だったんだよ」

作次は悪戯《いたずら》っぽい顔で応えた。その表情は少し上気しているようにも見えた。

「それで、藤助は一緒に帰って来なかったのかい」

「いや、一緒だったよ。兄貴は先に家に入ったよ。今夜は親父が聞き屋をする日だったから、おれはこっちに来てみたんだ」

作次は何か話があるらしい。しかし、与平には、その内容の見当がつかなかった。大きな商いでもできたのだろうか。

「もったいつけずに話したらいいじゃないか。まあ、掛けなさい」

突っ立っている作次に与平は勧める。

「いいのかい。客が来たらどうするんだよ」

「その時はその時だよ」

与平の言葉に作次は安心したように腰を下ろした。藤助と三男の富蔵は面差しが似ているが、作次だけは少し違う。おせきに言わせれば、おせきの父親によく似ているという。だが、与平の目には、おせきとそっくりに見える。

「で、話ってのは何んだい」

与平が畳み掛けると、作次は二度ばかり空咳《からせき》をして「実はおなかが……」と応えた。

「おなかちゃんが？」

「最近、身体の調子がよくないと言っていたんで心配していたのさ。妙に疲れるってね。それで、念のため、義姉《ねえ》さんが医者に連れて行ったんだ。そうしたら……」

「何か悪い病だったのかい」

「そうじゃないよ。察しが悪いなあ」

作次は困り顔をして小鬢《こびん》を掻《か》いた。

「そいじゃ、もしかして、できたのかい」

与平が早口で訊くと、作次は照れた顔で肯いた。

「そうかい、ようやくできたのかい。おめでとう」

与平は笑顔になった。子のないことを理由に作次とおなかは、危うく離縁させられるところだったのだ。仁寿堂に戻った作次をおなかは追い掛けて来た。それから二人は両国広小路の床見世《とこみせ》で一緒に商いをしていた。おなかの両親から、一刻《いっとき》、離れたことが、結果的にはよかったのかも知れない。

「だけど、この先、どうしたらいいと思う」

作次は途端に顔を曇らせて与平に訊いた。

おなかは一人娘だった。本当は実家の薬種屋「うさぎ屋」を引き継ぐ宿命《さだめ》なのだ。まして子ができたとなれば、なおさら。

「おなかちゃんは何んと言ってるんだい。うさぎ屋に戻って子を産むのかい」

与平も俄《にわ》かに今後のことが気になった。

「いいや。おなかはうちで産みたいと言ってる。義姉さんとおっ母《か》さんが傍にいれば安心だそうだ。うさぎ屋の跡継ぎのことは向こうに任せたらいいと、さばさばしていたよ」

「そういう訳には行かないだろう。子供はうさぎ屋の正統な跡取りだ」

「うん。おれもそう思う」

作次もうさぎ屋のことが気になっているのだ。

「向こうには知らせたのかい」

「いいや、まだだ」

「お前が知らせてやりなさい」

「お、おれが？」

作次は驚いて与平を見る。

「向こうと縒《よ》りを戻すいい機会じゃないか。いつまでも広小路の床見世で商いをしていたって、仕方がない。これで、大威張りで戻れるというものだ」

与平の言葉に作次はため息をついただけで、すぐには返事をしなかった。

「向こうの親だって年だ。娘夫婦に子ができたのを遠くから眺めていたくはないだろうよ。今までのことは水に流して、おなかちゃんと一緒にうさぎ屋を守《も》り立てたらいいよ」

与平は当然のように続けた。

「広小路の床見世は、せっかく客がついてきたんだよ」

作次は不服そうだった。

「もう少し続けたいなら、それはそれで構わない。だが、いずれ、うさぎ屋に戻る覚悟はしておいた方がいい」

「そいじゃ、おれがうさぎ屋へ戻った後、広小路の店は畳むのかい」

「ふん。善助にその気があれば暖簾分けという方法もあるさ」

善助は表南茅場町の出店で番頭をしている男のことだった。四十をとっくに過ぎているので、そろそろ、そういうことを考えてやってもいいだろうと思う。作次は思案している様子で黙ったままだった。

「ま、今すぐの話じゃないから、ゆっくりおなかちゃんと相談することだ」

「ああ」

作次はようやく肯いた。

「さて、お前に子ができたし、後は富蔵が身を固めたら、わたしの気掛かりはないよ」

与平は朗らかな声で言った。

「おいよしと一緒にさせるのかい」

作次は訳知り顔で訊いた。

「知っていたのかい」

与平は驚いて訊き返した。

「うん。それとなく富蔵から聞いていたよ。だけどおよしは、全く富蔵の気持ちに気づいていないらしい。困ったものさ。およしはお父《と》っつぁんのお気に入りだ。お父っつぁんが、およしに富蔵と所帯を持つことを勧めたらいいよ。そしたらうまく行く」

「難しいなあ。気が重いよ」

「おれだってうさぎ屋に行くのは気が重いんだぜ。面倒なことはおあいこにしようぜ」

作次の言葉に与平はぷっと噴いた。

与平の気持ちは久しぶりに晴ればれとしていた。

これでうさぎ屋も安泰だろうし、およしが富蔵とのことを承知してくれたら仁寿堂も安泰だった。

しかし、その三日後。与平は長兵衛の訃報《ふほう》を聞くこととなった。

五

長兵衛は身体の調子がよくないと女房に言って早めに床に就いたが、そのまま意識がなくなったという。医者の手当ての甲斐《かい》もなく、長兵衛は眠るように息を引き取った。

もちろん、与平は長兵衛の悔やみに出かけた。ちょうど花火大会の夜だった。僧侶《そうりょ》の読経《どきょう》の合間に外から景気のよい花火の音と、人々の歓声が聞こえ、通夜には全くふさわしくなかった。

それでも、長兵衛の女房は泣き笑いの顔で「うちの人は賑《にぎ》やかなことが好きだったから、これも供養ですよ」と気丈に応えていたが。

弔いには与平だけ出席した。他の家族は予定通り、予約していた舟宿へ花火見物に行かせた。

通夜におうのの姿はなかった。さんざん、長兵衛に自分のことを探らせたくせに、通夜に来て、悔やみを述べるのが人情だろうと与平は内心で思ったが、おうのの顔を見ずに済んだことで、ほっとしてもいた。長兵衛は、さすが土地の親分だった。弔問客が引きも切らなかった。近所の顔見知りの人間と話し込み、与平が帰路についたのは四つに近かった。それでも、花火は、まだ幾つか上がり、耳をつんざくような音が轟《とどろ》いた。長兵衛には気の毒だが、与平はほっとする思いでもあった。これで長兵衛から神田明神下の火事のことをうるさく訊かれずに済むのだ。

皆んなは帰ったろうか。孫達は途中で飽きて眠ってしまったかも知れない。藤助とおさくが子を背負い、ほうほうの態《てい》で戻って来る姿を想像すると、与平の口許からくすりと笑いがこぼれた。

与平がいつも聞き屋をする仁寿堂の裏手の通りは人影が途絶えていた。花火見物のおおかたの客は家に戻ったらしい。残っているのは、その夜の逢引《あいびき》を楽しむ若い男女や、涼み舟を仕立て、芸者を呼んで騒いでいる大店の主達だけだろう。これから本格的な夏が始まるのだ。来年の夏には孫が三人になっているだろう。そう思うと与平の気持ちは弾んだ。

と、塀の隅にしゃがんでいる人の姿があった。こんな所で何をしているのだろうか。急の差し込みでもきて、痛みを堪《こら》えているのだろうかとも思った。

「もし。どうかされましたか」

与平はさり気なく声を掛けた。その瞬間に硫黄の臭いがして、人影の前に炎が立った。付け火だと思った瞬間、与平の頭にかッと血が昇った。炎に炙《あぶ》り出されたのは、この暑いのにお高祖頭巾《こそずきん》を被《かぶ》っている女だった。

「待て！」

与平は逃げようとする女の手首をぐっと握った。その顔を間近に見て、与平は胸が震えた。おうのだった。

おうのは与平がつかの間、躊躇《ちゅうちょ》した隙《すき》に邪険にその手を払い、恐ろしい勢いで逃げて行った。与平は按摩の徳市の家に駆け込み、「火事だ。水をくれ！」と叫んだ。徳市の母親はすぐさま、水桶を渡してくれた。そうこうする内に近所の家も気づいた様子で、ばらばらと人が出て来て、消火に手を貸してくれた。

た。

「親父、大丈夫か」

ちょうど花火見物から帰って来た作次が、心配そうに与平に訊く。傍にはおなかもい

「ああ、大丈夫だ」

そうは言ったが与平は動悸を覚えた。

とんとんとん。間断なく与平の胸を誰かが拳で叩いているようだ。火が出たことより、付け火の下手人《げしゅにん》がおうのであったことに与平は衝撃を覚えていた。付け火は重罪である。捕まれば火炙りの刑に処せられる。おうのはそれを知らない訳がない。しかし、花火大会で周りが浮かれ、しかも長兵衛の通夜だということもあり、その隙を狙《ねら》っておうのは事に及んだのだ。

これが仇討ちか。与平は蹲《うずくま》って胸を押さえた。作次は与平の腕を取り、「親父。おぶされ」と頼もしいことを言った。

与平は黙って言われるままに背負われた。

「お舅さん、しっかりして」

おなかの悲鳴に近い声が遠退《とおの》いたように聞こえた。与平は薄れて行く意識の中で、作次の背中の心地よさだけを微《かす》かに感じていた。

おうのは町奉行所に捕らえられる前に首を縊《くく》って果てた。藤助が岡っ引きの茂平次《もへいじ》とともにおうのの嫁ぎ先を訪れると、蠟燭問屋は上を下への大騒ぎとなっていたらしい。茂平次は横山町界隈《かいわい》を縄張りにする岡っ引きで、源次と懇意にしている四十代の男だった。

茂平次はおうのが死んでしまったので、事を公にしなくてもいいだろうと藤助に言った。若い藤助は承服できず、源次に意見を仰いだ。源次も茂平次と同じことを言ったという。

ようやく症状が落ち着いた与平は藤助からそのことを聞いた。

「塀の修繕代ぐらい、向こうから取りたかったんだけどね」

余計な掛かりが増えたことが藤助には悔しかったようだ。

「戸板の一枚や二枚。けちけちしなさんな。とにかく大事に至らなくてよかったよ」

与平は鷹揚《おうよう》に応えた。医者からは絶対安静を言い渡されているので、与平は、あれからおとなしく床に就いていた。

「いったい、仁寿堂の何が気に入らなかったんだろう。わたしは今でも不思議で仕方がないんですよ。仁寿堂をここまでにしたことは、元のお内儀なら喜びこそすれ、恨む理由はないはずだ」

藤助は腑《ふ》に落ちない顔で言う。

「やっぱり、この間、おうのさんが来た時、黙って竜王膏を渡せばよかったと、わたしも後悔しているよ。あれでおうのさんの胸に火がついたんだろう」

「それで仁寿堂を丸焼けにして仕返しを企《たくら》んだということですか。あの人は少し、頭がおかしかったんじゃないですか」

「年を取ると誰でもひがみっぽくなるものだ。ところで、おうのさんの弔いには行ってくれるのだろうね」

「ええ、そりゃあ。知らん顔もできませんから」

藤助は渋々、応えた。

「頼んだよ。わたしはこんなていたらくだから、くれぐれも向こうの旦那と倅《せがれ》によろしく言ってくれ」

「承知しました」

藤助はそう言うと、店が気になる様子で与平の部屋から出て行った。それから小半刻も経たない内に、八丁堀からおよしが見舞いにやって来た。

「大旦那様。お加減はいかがですか。若旦那様からお聞きしまして、もう心配で心配で」

およしは泣きそうな顔で訊いた。

「そんな所にいないで、こっちへおいで」

障子の傍に遠慮がちに座ったおよしに、与平は優しく言った。およしはこくりと肯いて、ようやく枕許に座った。

「富蔵は一緒じゃないのかい」

「ええ。和中散の売れ行きがいいので、若旦那様は店を離れられないんです。それで、代わりにあたしが参りました。大旦那様にもしものことがあったら、あたしはどうしたらいいのかわかりませんよ。まだ恩返しもしていないのに」

「恩返しなんて、そんなことは考えなくてもいいよ」

「いいえ。大旦那様はあたしの恩人です。粗末にしたら罰が当たります。本当は本店で寝泊りして大旦那様の看病をしたいんですけど、こちらにはお内儀さんも若お内儀さんもいらっしゃるから、あたしは邪魔ですよね」

「およし。わたしはそんな重病じゃないよ。少し心ノ臓が弱っているだけだ。じきによくなるよ。小火騒《ぼやさわ》ぎがあったので驚いただけさ」

与平はおよしを安心させるように言った。

「本当？　本当に大丈夫？」

「ああ」

「よかった。これで少し安心しました」

およしはようやく笑顔になった。それから携えた風呂敷《ふろしき》をほどき、中から藍色《あいいろ》の浴衣《ゆかた》を取り出した。

「これ、あたしが縫ったんです。寝間着の替えに使って下さいまし」

「ほう。これはうれしい。およしが手ずから縫った寝間着とは」

与平は相好を崩した。

「実は若旦那様の浴衣だったんです。もう着ないとおっしゃったので、あたしが洗い張りして縫い直したんです。ほら、寝間着は生地がこなれていた方が着心地がよろしいですから」

「ああ。およしはよく気のつく娘だ。まるで本当の娘のようだ」

与平がそう言うと、およしは照れて頰を赤くした。

「およし。ついでに本当の娘にならないかい」

「大旦那様。どういう意味ですか」

およしは怪訝な顔になった。

「富蔵の嫁にならないかい。そうしたら、わたしも嬉《うれ》しいんだが」

話をするいい機会だった。だが、およしは「あたしなんて駄目です。おっ母さんと弟や妹達の面倒を見なけりゃならないから」と応えた。

「それは富蔵がちゃんと面倒を見るさ。そんなことは心配しなくていい」

「来年、若旦那様は上の弟を小僧に雇うと約束して下さいました。あたしはそれだけでありがたくて。これ以上、甘えることはできませんよ」

「富蔵はいやかい？」

「いやじゃありませんが、あたしは若旦那様にふさわしい女じゃないと思いますので」

「富蔵はお前を嫁にしたがってるよ」

「………」

「わたしもそうなったら、どれほど嬉しいかと思っている」

およしは俯《うつむ》いたまま、何も応えなかった。

そこへ、おせきが菓子と茶を運んで来た。

「お内儀さん。どうぞお構いなく。あたしはお客じゃありませんので」

およしは慌てて言う。

「水羊羹《みずようかん》だよ。お前、好きだろ？」

おせきはおよしの気を引くように言った。

およしは恐縮して、さらに頭を下げた。

「およし。あたしもねえ、元は仁寿堂の女中だったんだよ。それでねえ、先代から是非にも嫁になってくれと頭を下げられたんだよ。正直に言うと、あたしはあまり乗り気じゃなかった。だけど、先代は大好きだったんだよ。実の娘のように可愛がって貰ったよ。そう、今のお前のようにね」

おせきは、そんなことを言った。

「親父がお前に頭を下げたって?」

与平は驚いておせきに訊く。

「ええ。何を考えているかわからぬ奴だが、真面目《まじめ》は保証するからって」

おせきの言葉に与平は苦笑した。

「だから、およしは余計なことを考えずに富蔵と一緒になり。それで、二人で仁寿堂の出店を守り立てておくれ」

おせきは見事に話をまとめた。与平の出る幕はなかった。

およしは即答を避けたが、富蔵と相談すると言って帰った。

おせきはおよしの使った湯呑を片づけながら「これでよろしゅうございますね」と言った。

「何んだ。わたしの機嫌を取るために言ったのかい。本心は別の娘の心積もりをしていたとか?」

「いいえ、そんなことは。およしはいい娘ですよ」

おせきはとり繕うように応えた。盆に湯呑と菓子皿をのせ、部屋から出て行く時、

「お前さん。聞き屋もそろそろ店仕舞いなすった方がよかありませんか」とおせきは言った。

「何んだって」

与平は思わず甲高い声になった。

「無理をすると鯰の親分の二の舞いにならないとも限りませんよ」

おせきの言い方は小意地悪く聞こえた。与平は返事をしなかった。おせきはため息をついて部屋を出て行った。

とんとんとん。また動悸がした。今度また意識が薄れるようなことがあれば、命が危ぶまれるのは与平でも予想できる。

人の一生が存外に短いものであることを、与平は改めて悟った。聞き屋を辞めることで、さらに一歩、死に近づくような気もした。

辞めるのか、まだ続けるのか。決心はなかなかつかなかった。動悸は止《や》まない。ふと、外に目を向ければ、抜け上がったような青空が拡がっていた。その空の彼方《かなた》に極楽浄土があるのだろうか。与平はぼんやり、そんなことを思っていた。

夜《よ》半《わ》の霜

一

陰暦九月九日は重陽《ちょうよう》の節句である。別名菊の節句とも言う。菊の花びらを浸した酒を飲んで邪気を祓《はら》うという慣習は中国から伝わり、平安時代には宮中行事となった。江戸時代に入り、幕府が五節句の一つに定めると、重陽の節句は庶民の間でも盛んに行なわれるようになった。菊酒と栗飯《くりめし》が節句には欠かせないものである。また、この日は遊芸の師匠の所へ弟子達が賀儀《がぎ》の挨拶《あいさつ》をするという習慣もあった。

菊の節句と呼ばれるほどだから、この時季は江戸の町々に菊の花が目についた。丹精した大輪の菊もあれば路地の隅にひっそりと咲く臙脂《えんじ》や黄の小菊もあって、菊の種類は豊富だ。与平は、ゆかしい菊の香《か》が好きだが、女房のおせきは仏臭いと言う。仏花に多く用いられるせいだろう。

米沢町の薬種屋仁寿堂はこの日、暖簾《のれん》の代わりに家紋の入った幕をめぐらし、高張《たかは》り提灯《ちょうちん》が飾られていた。店の前には篝火《かがりび》を焚《た》く用意もしていた。それは重陽の節句を祝ってのことではない。この日は与平の三男の富蔵とおよしの祝言だったからだ。

店の入り口には丈の高い大輪の菊の鉢も置かれていた。黄色の菊だ。竹ひごで形を調えられた菊は格調高く見える。店先の飾りつけは長男の嫁の父親である源次が行なった。源次は鳶職《とび》を生業《なりわい》にしているが、正月の飾りつけや祝儀の飾りつけも引き受ける。源次は季節柄、菊の花を飾りつけに用いた。この日ばかりは、おせきも仏臭いなどとは言わない。

「秋らしくて結構ですこと」と源次にお愛想を言った。

午前中に八丁堀の山王権現御旅所《さんのうごんげんおたびしょ》で式を挙げた二人は休息を取った後、夕方には米沢町の仁寿堂にやって来る。八丁堀の表南茅場町に仁寿堂の出店《でだな》はあるが、披露宴を開けるほどの座敷はなかった。それで本店《ほんだな》で披露宴を催すこととなったのだ。まあ、富蔵に出店を任せてはいるが、本店で祝言を挙げるのが筋だと源次が言ったせいもあるが。

花嫁の到着まで、まだ時間があるのに店の前には人垣ができ、花嫁衣裳《はなよめいしょう》で現れるおよしを近所の人々は今か今かと待ち構えていた。花嫁の行列も源次の采配《さいはい》である。行列の伴《とも》は赤筋入りの「に組」の半纏姿《はんてんすがた》の男達だ。

木遣《きや》りを唸《うな》りながら米沢町まで練り歩く。

御旅所での式を終えると、与平とおせき、長男夫婦と孫達はひと足早く仁寿堂へ戻った。

次男夫婦は日本橋の嫁の実家の両親とともに、おっつけ顔を見せるだろう。

与平は花嫁がやって来るまで茶の間に座り、おせきが拵《こしら》えた薬湯をゆっくりと飲んでいた。

朝から慌しかったので与平は少し疲れを覚えた。

「具合が悪くなりましたら遠慮せずに言って下さいよ。我慢することはないんですからね」

おせきは与平を気遣って言う。

「ああ、わかった。だが、今日は気分がいいから、さほど心配はいらないよ」

「心ノ臓の病は、いつどうなるかわかりませんよ。富蔵とおよしの晴れ姿を見て、嬉《うれ》しさのあまり、胸にぐっと来ることだって考えられますし」

「人を病人扱いするな」

与平は僅《わず》かに癇《かん》を立てた。

「お舅《とう》さん。おっ姑《か》さんの言うことを聞いて下さいな」

長男の嫁のおさくは娘のおみつの着付けを直しながら口を挟んだ。

「わかっているよ。おせきがくどいので閉口しただけさ」

与平は、おさくには優しく応《こた》えた。

「おじい、言うことを聞くの。めッ！」

おみつは生意気に言う。その表情がおかしくて、与平は声を上げて笑った。

「嫁と孫の言うことには素直なんだから」

おせきが小声でぶつぶつ文句を言った。与平は聞こえないふりをした。

「大旦那《おおだんな》、お内儀《かみ》さん。花嫁さんがお越しになりました」

番頭の市助《いちすけ》が呼びに来た。与平は「よっこいしょ」と掛け声を入れて立ち上がった。

「おじい、がんばって」

おみつは無邪気な笑顔で与平を励ます。

「ああ、がんばるよ」

与平も笑顔で応えた。


店の外でどよめきが起きた。およしが仲人に手を取られて駕籠《かご》から降りたのだ。篝火は白い雪のような衣裳に綿帽子を被《かぶ》ったおよしを照らす。式の時とは違う感動を与平は覚えた。に組の男達が納めの木遣りを唸ると、およしは周りの人々に軽く会釈した。その様子を与平は店の中からじっと見つめた。

式を終えたおよしが仁寿堂の敷居を跨《また》いだ時から家族になる。上の二人の息子の祝言の時もそれなりの感慨を覚えたが、この度はまた格別だった。最初におよしと出会ってから今日までのことが与平の脳裏を掠《かす》める。およしの倖《しあわ》せな姿は与平の倖せでもあった。

「よろしゅうございましたね、お前さん」

おせきは与平の気持ちを察して言う。

「ああ。お前のお蔭《かげ》だ」

その時だけ、与平は殊勝に応えた。

「あたしは何もしておりませんよ」

おせきはさらりと躱《かわ》した。祝言の掛かりは仁寿堂がすべて面倒を見たが、その中には、およしの母親の晴れ着やきょうだいの着る物も含まれていた。およしの母親は、ついでに足袋《たび》や半襟などの細々したものまで購入したらしい。長男の嫁のおさくは呉服屋の請求書を見て「こんな物までつけにしている。少しは考えたらどうなんだろう」と呆《あき》れた声を上げた。

「黙って支払っておくれ」

おせきは、さり気なくおさくに言った。

「でもおっ姑さん、あんまりです。少しは遠慮してほしいものですよ」

おさくは納得できない顔で口を返した。

「手持ちがあれば、それを使うだろうよ。何もないんだよ。大目に見ておやり」

「およしちゃんの弟の股引《ももひき》まであるんですよ。祝言に股引はいりますかねえ」

「およしは、ちゃんとわかっていて、あたしに謝っていたよ。祝言が済んだら勝手なことはさせないからって」

「そうですか。まあ、向こうのことは富蔵さんに任せているので、あたしも一々、言いたくありませんけれど、その気になって貰《もら》いたくありませんよ。およしちゃんの母親は娘がうちへ嫁入りすることを、まるで左団扇《ひだりうちわ》の暮らしができるものと勘違いしているようですから」

おさくは苦々しい表情のまま言う。

「誰から聞いたのだえ」

おせきはさすがに気になって訊《き》いた。

「ええ。うちのおっ母《か》さんですよ。およしちゃんの母親は得意そうに近所の人に触れ廻《まわ》っているらしいです。うちのおっ母さん、腹を立ててました」

「そうかえ……」

おせきは少し暗い顔になった。

「おせき。どうしたらいいだろうね」

与平も心配になった。およしの弟妹達が一人前になるまで、暮らしの掛かりは仁寿堂が持つつもりでいるが、おさくの言うことが本当だとすれば、少々厄介だ。

「大丈夫ですよ、お前さん。あたしに任せておいて下さいな」

おせきは与平を安心させるように言った。

「喧嘩《けんか》しないでおくれよ」

「もう……あたしがそんなことをする訳がないじゃありませんか」

おせきはきゅっと与平を睨《にら》んだ。

そんなやり取りがあったから、無事にこの日を迎えられたことが与平にとって心底、嬉しかった。

およしは静かに店の中に入って来た。見惚《みと》れていた与平に気づくと「大旦那様……」と、微《かす》かな声を洩《も》らした。

「およし。きれいだよ。よかった、よかった」

与平は相好を崩した。

「ありがとう存じます。皆、大旦那様のお蔭です」

「同じことを何度も言うんじゃない。今日からおよしは仁寿堂の嫁だ。堂々としていなさい」

与平は照れを隠してそう言った。およしはこくりと肯《うなず》き、その時、少し笑顔を見せた。

およしの後から母親と弟妹達が入って来た。

弟が二人、妹が二人。およしは五人きょうだいの長女だった。皆、仕立て下ろしの着物を纏《まと》っている。およしの母親の紋付は、おせきのより、よほど上等に見える。母親のおまさはぐずる子供達を叱《しか》りつける合間に、見物する人々に媚《こ》びたような眼を向けた。

その得意そうな表情は不愉快だったが、与平は見ないふりをしておまさと子供達を座敷に促した。

小半刻《こはんとき》後、披露宴が始まった。

およしの弟や妹は膳《ぜん》の料理に夢中で、客の挨拶もじっと聞こうとしない。おまさは徳利を勧める客に遠慮することもなく杯を受けた。

だから披露宴の終わる頃には、すっかりでき上がっていた。与平はおまさの態度から目が離せなかったので、ろくに披露宴のことは覚えていなかった。途中でそっと席を外し、自分の部屋に戻ったせいもある。

披露宴の客は与平の身体《からだ》のことは承知していた様子で、そうして与平が座を外しても目くじら立てる者はいなかった。

おせきが用意していた蒲団《ふとん》に身体を横たえると、披露宴の様子がざわめきのように与平の耳に聞こえた。今夜、富蔵とおよしは仁寿堂に泊まり、明日は世話になった家々に挨拶廻りをする。明後日《あさって》から、二人は表南茅場町の出店で主《あるじ》とお内儀として暮らすのだ。よかった、本当によかった。安堵《あんど》した与平は昼間の疲れもあり、すぐに眠りに誘われていた。

二

翌朝、富蔵とおよしは仏壇に掌《て》を合わせてから挨拶廻りに出かけた。仁寿堂はいつものように暖簾を掛けて商売を始めた。

おせきとおさくは披露宴の後片づけをしていたが、二人とも浮かない表情だった。

「疲れたのかい」

与平はおせきとおさくのどちらともなく訊いた。

「ええ、ちょいと」

おせきは応えたが、おさくは仏頂面をして黙ったままだった。

「おまささんに何か粗相でもあったかね」

与平はおさくに向き直った。おさくはおせきをちらりと見てから「お舅さん、聞いて下さいな。おまささんは宴がお開きになる前から折を、折をとうるさく言って、自分達の膳の物だけでなく、他の客の残した物まで折に詰め込んだんですよ。風呂敷《ふろしき》にひと抱えにもなりましたよ。あたし、恥ずかしくて恥ずかしくて」と言った。

「二、三日は飯の仕度をせずに済むだろう」

与平は鷹揚《おうよう》に応えた。

「それだけじゃありませんよ。荷物が大きくなったものだから、帰りしなに駕籠を呼んでくれと言ったんです。馬喰町はここから目と鼻の先じゃありませんか。あの人、自分が酔ったものだから歩くのが大儀になったんですよ。子供達の分と合わせて駕籠を三挺《ちょう》頼みましたよ。やれやれ、やっと帰ったと、ほっとしたのもつかの間、駕籠舁きが戻って来て、駕籠賃を払ってくれと言ったんです。あたしもおっ姑さんも開いた口が塞《ふさ》がりませんでしたよ。あんまり悔しいから、富蔵さんに言ったんです。富蔵さんも渋い顔をしていました」

「およしの耳には入れなかっただろうね。祝言をしたばかりなのに、いやな話を聞かせるのは可哀想《かわいそう》だ」

与平はおよしを慮《おもんぱか》った。

「それは大丈夫ですけど……でもお舅さん、この先、大変ですよ」

おさくはため息交じりに言った。

「今まで他人だった人が親戚《しんせき》になるんだ。色々、嚙《か》み合わないこともあるさ。これからのことは富蔵と相談して、きっちり約束をとり交わすことだ。何んでも彼《か》でも仁寿堂が被《かぶ》るというのは、わたしでも承服できないよ」

「そうですね。でも、富蔵さんはおよしちゃんにぞっこんだから、ちゃんと言えるかどうか心配ですよ」

「だから、それはおせきがうまく纏めると言ったじゃないか。小姑根性《こじゅうとこんじょう》を剝《む》き出しにするものじゃない」

与平はおさくを叱った。おさくは悔しそうに唇を嚙んだが、それ以上、口は返さなかった。

掛かりつけの医者は与平が聞き屋をしていることは知っていた。本当は家にじっとしているのが一番いいとわかっていたが、与平の唯一の趣味を奪うこともどうかと、内心では思っていたらしい。それで、今年はあまり冷え込みがきつくならない内に聞き屋を仕舞いにし、来年、気候がよくなった頃に再開したらよいと助言した。

いつもの年なら、与平は大晦日《おおみそか》のぎりぎりまで聞き屋をしていたのだ。医者の言うことも一理あるので与平は霜月の終わりで今年は仕舞いにしようと考えていた。それでなくとも毎月、五と十のつく日にする聞き屋を近頃は十のつく日だけするようになっていた。心ノ臓の不調は相変わらずだった。時々、胸の痛みも覚えるが極端に悪いというほどではない。与平は自分の身体を騙《だま》し騙ししながら聞き屋をしていた。

富蔵とおよしの祝言が過ぎて十日ほど経った頃、与平は店の裏手に机を出した。

その夜、口開けの客はおよしの母親のおまさだった。

「大旦那、こんばんは」

おまさはしなを作って床几《しょうぎ》に座った。長年、居酒屋や一膳めし屋の酌婦をして来たので客の気を引く仕種《しぐさ》が身についている。おまさは少し酔っていた。

与平は幾分、咎《とが》める口調で訊いた。

——子供達はどうしたね。

「うちでお留守番ですよ。気がくさくさしていたから、おっ母さんは一杯飲んでくるよと言ったんですよ。時分になれば勝手に寝るので、心配はいらないんです」

——気がくさくさするとは聞き捨てならないね。およしの祝言が済み、来年は上の息子も奉公に出る。おまささんの肩の荷も少し下りたじゃないか。

「とんでもない」

おまさは皮肉に吐き捨てた。目尻の小皺《こじわ》は白粉《おしろい》を厚く塗っているせいで、なおさら目立つ。昔はさぞかし器量がよかっただろうと想像できるが、今は荒《すさ》んだ表情をしていた。一時はおよしを吉原へ売ろうとした女だ。

「およしは大した出世ですよ。ねえ、老舗《しにせ》の仁寿堂のお内儀さんになったんですから。あたしだって嬉しくない訳がない。これで今までの苦労も報われたというものだ。だけどね、大旦那。あたしはちょいと甘かった。およしの亭主は残ったあたし達の暮らしの面倒を見ると約束してくれた。暮らしの面倒を見るってことは着る物、食べる物に事欠かせないってことじゃないか。ところが、亭主がうちに届ける銭は一両ぽっきりなんですよ」

おまさは不服そうに続けた。

——今まであんたとおよしの給金を合わせたって月に一両にはならなかったはずだ。

与平は反論した。

「そりゃそうですけど、およしの嫁入り先は仁寿堂だ。もう少し色をつけてくれたって罰は当たらないでしょうよ」

——あんた達のことは富蔵に任せている。わたしの出る幕でもないよ。

「あの亭主はおよしを女房にしたいがためにうまいことを言ったんだ。あたしゃ、すっかり騙されてしまったよ」

——…………。

「こんなことなら鯰《なまず》の親分の言うことを聞いて、およしを吉原へやればよかったですよ。そうしたら、もっといい目が見られたものを」

——馬鹿なことを言いなさんな。

与平はたまらず激昂《げっこう》した声を上げた。その拍子に心ノ臓の動悸《どうき》が高くなった。与平はそっと胸を押さえた。おまさはつかの間、恐ろしそうな顔になった。

——銭が不足なら働いたらいい。あんたはまだ若い。今から嫁いだ娘の厄介者になることもないだろう。

「ひどいことをおっしゃいますね。亭主も亭主なら、そのでて親もてて親だ」

――およしの足を引っ張るのはやめて下さい。およしがせっかく倖せになろうとしているのだから。娘の倖せよりも自分のことが大事なのですか。

「そ、手前《てめ》ェが一番可愛い。誰でもそうじゃありませんか」

――もう、あんたと話をするつもりはない。帰って下さい。

与平は憮然《ぶぜん》として言い放った。おまさはぶつぶつと文句を言っていたが、与平が取りつく島もない態度だったので、すごすごと引き上げて行った。

自分がおよしと出会わなかったら、およしは奈落《ならく》の底に突き落とされていただろう。そんな危うい状況を乗り越えて、およしは富蔵の嫁になったのだ。

およしはおまさのような母親を持ちながらも、曲がらずまっすぐに成長した。それはおよしの人徳でもあるのだ。おまさはそれに気づいていない。気づこうともしない。仁寿堂へ嫁入りできたことを、まるで富突《とみつ》きにでも当たったようなつもりでいる。

商家の内証《ないしょ》がどれほど質素なものか、おまさは理解していない。店の体面を保つために出したくない金でも出さなければならないことは、しょっちゅうだ。だから切り詰められるところは極力切り詰めている。おまさは富蔵に言っても埒《らち》が明かないので与平へ縋《すが》りに来たのだろう。全く哀れな女だった。

「仁寿堂さん……」

もの思いに耽《ふけ》っていた与平に親しげな声が掛けられた。顔を上げると座頭のように頭を丸めた男が笑顔で立っていた。

「お加減がよくないと聞いておりました。聞き屋をなさってもよろしいのですか」

男は近所の骨接医《ほねつぎい》だった。骨接医と言っても診療所は別の骨接医の持ち物で、男は雇われ人である。小川了元《おがわりょうげん》と苗字《みょうじ》があるところは、元は武士であったか、あるいは苗字帯刀を許された豪農の息子ででもあるのだろうか。了元は四十を幾つか過ぎた男だった。

――これは了元先生。何んとか聞き屋をやっておりますよ。本日は往診の帰りですか。

与平も気さくな言葉を返した。

「さようでございます。商家の女隠居が転んで歩けなくなりましてね、ちょいと診《み》てくれと言われたものですから行ってまいりました。歩けなくなったのも道理、骨が折れておりました」

――年寄りになると骨が脆《もろ》くなりますから、転ばぬ用心が必要ですね。

「おっしゃる通りです。家の者は女隠居がさほど痛がらないので、まさか骨が折れているとまでは思っていなかったらしいです」

――わたしも気をつけなければ。

「仁寿堂さんは大丈夫ですよ。骨格がしっかりしておりますから」

――骨はともかく心ノ臓が怪しいのです。そろそろ先が見えてまいりましたよ。

与平がそう言うと、了元はきゅっと眉《まゆ》を持ち上げ、おもむろに床几に腰を下ろした。

「夜の往診は久しぶりです。このまま家に戻るのはもったいない。どこぞで一杯やれたらいいのですが、あいにくわたしは下戸《げこ》で……」

——これは初耳ですな。了元先生はいける口だとばかり思っておりました。

「どなたもそうおっしゃいます。それでまあ、暇潰《ひまつぶ》しに聞き屋の客になろうかと、ふと思いました次第ですよ」

——畏《おそ》れ入ります。

了元は黄八丈《きはちじよう》の着物に黒の羽織を重ね、黒縮緬《くろちりめん》の襟巻きをしていた。生地はどれも上等で実入りのよさを感じさせた。

「先日はご祝言があったそうで、おめでとうございます」

——ありがとうございます。一番下の倅《せがれ》が身を固めました。まずはひと安心というものです。

「よろしゅうございましたな。子供が人並に所帯を構えるのは親にとって何よりのことです。わたしの娘も二十歳《はたち》過ぎまでぐずぐずしておりましたが、ようやく春に片づきました。今は女房と気楽な二人暮らしです」

——ほうほう、そうですか。

「それで……実はわたしも仁寿堂さんと似たようなことをしているのですよ」

了元は唇を舌で湿すと、そんなことを言った。与平は呑《の》み込めない表情で了元を見た。

「なに、仁寿堂さんのように通りに出ている訳ではありません。女房を介してやって来る客の相談に乗るだけです」

――八卦《はっけ》ですか。

「まあ、その類《たぐい》でしょう。しかし、わたしは、道具は使いません。客の人相風体《にんそうふうてい》から浮かび上がるものを伝えるだけです。家に来られない客は自分の身近に使っている物を持って来てもらいます」

――それで何がわかるのですか。

与平は興味を惹かれ、姿勢を正した。

「寿命や将来の姿ですね」

与平は苦笑した。

「何か?」

了元はつかの間、むっとした表情になった。

――これは失礼致しました。なにね、もしもわたしが了元先生の客になったとして、将来のことを聞いても仕方がないと思ったからですよ。わたしは将来をすでに迎えておりますから。

「それもそうですな。では寿命は？　寿命は知りたくありませんか」

——知りたくありません。

与平はきっぱりと応えた。了元はほうっと長い息を洩らした。

「仁寿堂さんは強いお方だ」

——そんなことはありません。からっきし意気地がありません。

「今、気づいたのですが、以前に火災に遭われておりますか」

——ええ……。

与平は唐突に笑みを消した。了元には何が見えているのだろうか。不安が募った。

了元は嘆息とも取れる吐息をついた。

「なるほど、必要悪ですかな」

意味深長な言い方だった。与平の背中がざわざわと粟立《あわだ》った。

「しかし、まあ、済んだことです。わたしは何も言いますまい。そのことであなたを咎める人はこの世に誰もいない。そうですな」

——何んとお応えしてよいのかわかりません。

「重陽の節句は九月九日ですが、十月十日は何んの日かご存じですか」

了元は話題を変えるように言った。

——さて、何んの日でしょう。五節句ではありませんな。

「十日夜《とおかんや》です。聞いたことはないですか」

——聞いたことがあるような、ないような。

「大根の年取りです。大根は鉄砲の音や餅《もち》を搗《つ》く音を聞かせると、よく太るそうです。ただし、大根が太る音を聞いた者は早晩、死ぬ運命にあると言われております。まあ、大根畑というのは霊界に近い神聖な場所ですから」

——初めて聞きました。

「わたしの実家は武州《ぶしゅう》の農家でしたので、何度も大根が太る音をききました。真夜中に大根畑に行くと、ぎしっと土を押し分ける音がしました。すると、あっちでもこっちでも、ぎしっぎしっと音が続くのです。当時は死ぬことを怖いとは思いませんでした。それで命が尽きるならそれでも構わないと開き直っていたのです。若かったせいでしょう」

——しかし、了元先生は死ななかった。

「はい。大根の太る音を聞いてから、本来は見えない物が見えるようになったのです。まあ、大根権現様の加護ですかな。人に言えば笑われるでしょう。しかし、あなたは聞き屋だから黙って聞いてくれましたね。お礼を申し上げます」

——とんでもない。わたしの方こそ不思議なお話をありがとうございます。

「一つだけ言わせて下さい。あなたの心の秘密を知っている人はまだおります。その方はあなたに悪い影響を及ぼす人ではありません。ですが、あなたが頑《かたく》なに秘密を守っていることを寂しいと感じております。近い内にその方はあなたの秘密を暴《あば》くでしょう。その時に慌ててはいけません。冷静さを保って下さい。そうすれば大事はありません」

了元はそう言って腰を上げ「聞き料はお幾らですか」と言い添えた。

――わたしのことも占っていただいたのですから、相殺《そうさい》ということで。

「そういうところは商売人ですな」

了元はふわりと笑った。

了元が去って行くと、与平の周りの闇《やみ》がことさら深く感じられた。与平の秘密を知っている人物とは誰だろう。源次か。あるいは岡っ引きの長兵衛を小者にしていた八丁堀の同心か。長兵衛が今わの際《きわ》に与平のことを誰かに洩らすのは考えられる。長兵衛の息子か……わからない。それが誰か了元に訊くべきだった。了元は必要悪と言った。なるほど言い得ているかも知れない。与平は闇の中で思いを巡らせた。

按摩《あんま》の徳市が揉《も》み療治から戻って来た。

「大旦那。こんばんは。冷えて来やしたね」

徳市は見えない眼を与平に向けながら挨拶した。

「ああ。お前さんも風邪《かぜ》を引かないように気をつけなさいよ」

「ありがとうございやす。お内儀さんは肩が凝っておりやせんか」

「後で訊いておくよ」

「よろしくお願いします。近頃は実入りがさっぱりで、お袋に嫌味を言われているんですよ」

「不景気だからね」

「富蔵ちゃんのお嫁さんは大層可愛らしかったとお袋が言っておりやしたよ」

「ありがとう。お袋さんによろしく言ってくれ」

「あい。それじゃ、お休みなさいやし」

「ああ。お休み」

徳市は玉杖《たまづえ》を突きながら家の中に入って行った。ほどなく、家の軒行灯《のきあんどん》の灯《あか》りも消えた。

三

長月の晦日近くに与平は表南茅場町の富蔵の店を訪れた。天気がよかったので、ぼちぼち歩いて行ったが、店に着くと疲れを覚えた。

表南茅場町でも聞き屋をするつもりだったが、およしは与平の顔色を見て、今夜はよした方がいいと言った。丸髷《まるまげ》が板につかないおよしがういういしく見えた。

「でも大旦那様、よかったら泊まって下さいまし。うちの人は寄合があるので、あたし、寂しいですから」

「およし。大旦那はよしてくれ。わたしはお前のお舅《と》っつぁんになったんだからね」

「すみません。つい口癖で」

「そうだなあ。お言葉に甘えて泊まろうか。おせきも八丁堀に出かけると言うと、泊まるものと思っているようだし」

「そうして下さいまし」

およしは笑顔になった。

「どうだい。落ち着いたかい」

与平は優しく訊いた。

「ええ……この間、おっ母さんが大旦那様、いえ、お舅さんの所に行ったそうですってね。すみません」

「それはいいんだよ。おまささんは少し酔っていたようだから、わたしは気にしていないよ」

「おっ母さんは少し舞い上がっているの。ここへもしょっちゅう、顔を出して、商売物の薬をねだるんですよ。家で使う分なら目を瞑《つぶ》りますけど、近所の人の分までは面倒見切れませんよ。断ったら、けちだの何んだのと悪態をついて帰りました。当分、ここへは来ないと思いますけど」

「そのことだけどね、およし」

「ええ」

およしは前垂れの捩《よじ》れを直して、つっと膝《ひざ》を進めた。

「毎月、一両ほどをおまささんの所へ届けているだろう？」

「はい。ありがたいと思っております。店賃《たなちん》を払って、お米を買って、後は青物やお魚を買ってもお釣りが来るというものです」

「ところがおまささんは不服らしいのだよ」

「そんな……」

およしは眼を剝《む》いた。

「どうも仁寿堂の銭箱には幾らでも金が入っていると思っているらしい。それでね、おせきがおまささんを得心させるように言うつもりでいるが、おせきが言うよりお前が言った方が角は立たないと思うから、おまささんには、さり気なく決まった物だけでやり繰りするように言っておくれ」

柔らかく言ったつもりだが、およしはやはり堪《こら》えきれずに咽《むせ》んだ。

「泣かないでおくれ。お前が悪い訳じゃない。おまささんだって、今まで苦労して来たんだ。それはわかっているよ。だが、羽目を外してほしくないだけだ。大晦日になってごらん。この辺りでもきっと店を潰して夜逃げを決め込む奴《やつ》が出るよ。商いは地道にやることが肝腎《かんじん》なんだからね」

およしはすみません、すみませんと繰り返した。

寄合に出た富蔵は存外に早い時刻に戻った。

小腹が空《す》いていたようで、およしに茶漬けを求めた。

「どうだった寄合は」

与平は火鉢の炭を掻《か》き立てている富蔵に訊いた。

「兄貴は来年、寄合の三役になるようだよ」

兄貴とは長男の藤助のことだ。

「ほう、そうかい」

「まだ年は若いけれど、兄貴は弁が立つからね、年寄り連中もこぞって賛成したんだよ。

『うさぎ屋』の旦那も喜んでいた」

うさぎ屋は次男の嫁の実家で、仁寿堂と同業だった。

「うさぎ屋の旦那が後ろから手を回したんだろう。おなかちゃんが跡継ぎを産むんで、
そのご祝儀かな」

与平は訳知り顔で言った。

「言えてる」

富蔵は愉快そうに笑った。だがすぐに笑顔を消し「帰る時、旦那は余計なことだがと

言って、おれにこっそり囁《ささや》いたのさ」と声音を低めた。

「何を」

富蔵は台所のおよしを気にしながら小声で話を続けた。おまさがうさぎ屋に金を借りに来たというのだ。

「なに、金額は大したものじゃなかったが、おれは顔から火が出るような気持ちだったよ」

「そうかい……」

返す言葉もなかった。与平は黙ってぬるくなった茶を飲み干した。その時、瀬戸物の壊れる耳障りな音が聞こえた。

「何やってんだ」

富蔵が甲走《かんばし》った声を上げた。

「お前さん、離縁して下さい」

掠《かす》れた声でおよしが言う。与平は慌てた。二人の話をおよしに聞かれてしまったらしい。

「およし、落ち着きなさい」

そう言って立ち上がった拍子に与平は目まいを覚えた。

「親父《おやじ》。大丈夫か」

富蔵は慌てて与平を支える。与平は肯いたが目まいは治まらなかった。

「およし。蒲団を敷け。親父は具合が悪くなったらしい」

富蔵は泣いているおよしに構わず命じた。

およしは前垂れで眼を拭《ぬぐ》うと、慌てて奥の間に蒲団を敷いた。医者が呼ばれ、与平は絶対安静を言い渡された。

それからふた廻り（二週間）も与平は表南茅場町で養生する羽目となった。およしはよく与平を介抱してくれた。まるでおまさの罪滅ぼしをするように。与平は、そんなおよしが不憫《ふびん》だった。心配して駆けつけたおせきは「お前さん。もう聞き屋は無理ですよ。やめて下さいね」と言った。

おまさは毎晩のように飲み歩いているようだ。どうしてそれほど飲まなければならないのか、与平にはわからない。これでは幾ら金があっても足りる訳がない。たまりかねて富蔵が文句を言うと「若旦那にあたしの気持ちはわかりませんよ」と、はぐらかすという。

この先、どうなるのだろうと考えると与平は憂鬱《ゆううつ》だった。おまさの問題が解決しない限り、自分の病も快復しないような気がした。

四

危険な状況は脱したようで、与平はようやく小康を得ていた。そろそろ米沢町に戻ろうと考えていた夜、勝手口から「姉ちゃん、姉ちゃん」と呼ぶ声が聞こえた。

与平は晩飯を済ませ、およしの拵えてくれた薬湯を飲んでいた時だった。富蔵は友人に誘われて外に出かけていた。

「仁太《にた》だ」

およしはすぐ下の弟の声だと気づき、慌てて勝手口に向かった。だが、なかなか戻って来なかった。与平は起き上がり、寝間着の上に半纏を羽織って勝手口に行った。

およしの弟妹達が泣いていた。話を聞いていたおよしも前垂れで顔を覆っている。

「どうしたね」

与平が声を掛けると、およしは顔を上げ、

「何んでもありません」と応えた。

「何んでもないことはないだろう。きょうだいが揃《そろ》ってやって来たところは」

「小父《おじ》さん。あんちゃん、おっ母さんに出てけとゆった」

一番下のお花が涙をためた眼で応えた。

「黙ってろ、お花」

仁太は声を荒らげてお花を制した。

「およし。上がって貰いなさい。皆んな、飯は喰《く》ったのかい」

与平がそう言うと、仁太以外は首を横に振った。

「そりゃ可哀想に。およし、何か喰わせなさい」

「でも、ごはんはもう、うちの人の分しかないんです」

「そいじゃ、夜鳴き蕎麦《そば》でも頼みなさい。仁太、ちょいと表に出て、蕎麦屋を呼んで来ておくれ」

仁太はおよしの顔をちらりと見てから出て行った。

「ささ、上がりなさい。冷えてきたね。火鉢に温まりなさい」

与平の言葉に子供達は下駄を脱いで座敷に上がった。ほどなく夜鳴き蕎麦屋と一緒に仁太が戻って来た。醤油《しょうゆ》だしのいい匂《にお》いがすると、「およし、わたし等《ら》もお相伴しようか」と与平はおよしを誘った。

「晩ごはんをいただいたばかりなのに」

およしは苦笑した。

「なに、かけ蕎麦の一杯ぐらいは入るよ」

与平は悪戯《いたずら》っぽい眼で応えた。

子供達はよほど空腹だったらしく、嬉しそうに丼《どんぶり》に屈《かが》み込んだ。十三歳の仁太は食べ盛りなので、与平に勧められるまま、三杯も平らげた。与平も久しぶりに食べた蕎麦が大層うまく感じられた。

ようやく腹ごしらえをして蕎麦屋も帰ると「さて、話を聞こうじゃないか」と与平は仁太を促した。

「いえ、それは……大旦那様には関係ありませんので」

仁太は気後れした表情で応えた。仁太の下がおさと、それから竹松《たけまつ》、お花と続く。与平は名前を覚えられず、竹松を竹吉《たけきち》と呼んだりして笑われた。

「関係がない訳じゃないよ。お前の姉ちゃんはわたしの娘になったんだ。それにお前も来年から仁寿堂の奉公人だ。何んでも話しておくれ」

与平は仁太を諭すように言った。

「姉ちゃんが嫁に行ってから、おっ母さんはぐうたらになるばかりだった。おっ母さんは仁寿堂に頼り過ぎる。おいらはそれに肝が焼けていたんだ。だけど手前ェのおっ母さんだから何も言えなかった。ここへ来る少し前におっ母さんは酔って戻って来たんだ。お足が何んにもなくなったってさ。それでおいらに姉ちゃんの所へ行って、少し借りて来いと言ったんだ。おいら、いやだと言った。そうしたら、おいらのことを殴りやがった。おいらもあまり悔しかったから、殴り返した。おっ母さんは親に手を挙げる子供は罰当たりだ、地獄に落ちると言ったよ。地獄に落ちてもいい、こんなおっ母さんなんていらねェ、出て行けと怒鳴ったんだ。だが、おっ母さんは出て行くのはお前の方だと言いやがった。おいら、いたたまれず家を飛び出した。すると、おさとも竹松もお花もついて来たのよ。大旦那様、申し訳ありません。姉ちゃん、すまねェ」

仁太はそう言って、拳《こぶし》を眼に押し当てた。

「およし。どうしたらいいだろうねえ」

与平は胸が塞がる思いでおよしに訊いた。

およしは唇を噛み締めていたが「わかりません」と応えた。

「お前は皆んなの姉ちゃんだ。他人事《ひとごと》のように言うんじゃない」

「でも、お舅さん。どうせよとおっしゃるんですか」

「明日、おまささんの所へ行って話をしておいで。どうしても埒が明かないようなら子供達は仁寿堂で預かるよ。富蔵はそれを承知でお前を嫁にしたんだからね。その代わり、子供達の面倒を見られない母親は母親じゃない。親子の縁を切りなさい」

与平の言葉におよしは、はっとした顔になった。まさか与平がそこまで言うとは思っていなかったらしい。

「一人になれば目も覚めるだろう」

与平は言い過ぎたと感じて、すぐに言い直した。

「わかりました」

およしは低い声で応えた。

「ささ、寝る時間だ。皆んな、手を洗って蒲団に入るんだ。よく寝ない子は大きくなれないぞ」

与平は朗らかな声で言った。四歳のお花は何を思ったのか、与平の傍《そば》に来て、与平の胸にもみじのような掌を押し当てた。

「小父さん。お胸が痛い？　痛いの痛いの飛んで去《い》んでゆけ」

お花は与平にお愛想をしていた。与平は胸が熱くなった。

「ありがとよ、お花。おや不思議だ。痛いのが治ったよ」

与平はお花を喜ばせるように応えた。お花は小粒の歯を見せて笑った。

「お花。手が汚いよ。洗ってからにおし」

およしは泣き笑いの顔でお花に言った。

およしの弟妹達はそれから仁寿堂の出店にしばらく泊まっていた。与平は子供達が憎い訳ではなかったが、弱った身体には子供達の騒々しさがこたえた。それで、おせきがやって来たのを潮に米沢町に駕籠で戻った。

やはり住み慣れた家が一番落ち着く。与平は自分の家に戻って久しぶりにゆったりした気分を味わった。

霜月は寝込んでいたせいもあり、何もできないまま過ぎてしまった。聞き屋はとうとう、一度もできなかった。

師走に入るとおせきもおさくも大掃除の段取りやら、餅搗きの用意やらで忙しくなった。

店は風邪薬を求める客が多くなり、長男の藤助と手代、番頭は昼飯を味わう暇もなく客の応対に追われていた。ただ一人、与平だけが何をするでもなく、つくねんと自分の部屋にいた。小康状態になると、与平はまたぞろ聞き屋のことが気になった。せめて今年の最後に一度ぐらい聞き屋をしたいものと思っていたが、それを言うと、おせきは渋い顔をするばかりだった。

大掃除が済み、餅搗きを終えた三十日。

与平は本年最後の聞き屋をすることを決めた。

「何もこんなに押し迫ってからしなくても、年が明けてからでいいじゃありませんか」

おせきはやはり、反対した。年が明けたら明けたで、もう少し暖かくなってからにしろと言うに決まっている。

「いや、わたしが聞き屋をするのは、あと何回もないだろう。もしかして、これが最後になるかも知れないのだよ」

「そんな縁起でもない」

「やらせておくれ。正月はおとなしくしているから」

与平は子供のようにねだった。おせきは最後には折れた。ただし、あまり遅くならない内に家に入ってくれと念を押した。もっとも、年末に呑気《のんき》に与平の前に座る客もいないだろうと内心では考えていたらしい。

五

案の定、その夜、与平の前に座る客はいなかった。だが、忙しそうに与平の前を通り過ぎる人々を眺めるだけで、与平は満足だった。

「今年はよ、死に物狂いで働いたわな。だがよ、手許《てもと》に残ったのは雀《すずめ》の涙だ。世の中は不公平なものよ。何もしねェでも銭が入る奴もいるのによ」

「年を越せるだけでも儲《もう》けものよ。正月は飲もうぜ。酒だけは嬶《かか》ァにしっかり用意させたからよ」

「そいつァありがてェ。恩に着るぜ」

職人ふうの男達の声が聞こえた。働き盛りの三十代の男達だ。

（あんた達のがんばりが江戸を支えているんだよ）

与平は男達にねぎらいの言葉を掛けたかった。質屋から慌てて亭主の羽織を請け出す女房もいる。亭主が正月の挨拶廻りをしたら、またぞろ羽織は質屋行きだ。

(それでいいんだよ。当座の仕度が間に合えば)

与平は内心で呟《つぶや》く。師走の町の喧騒が心地よい。

「お前さん」

おせきが塀の木戸を開けて顔を出した。与平のことが心配になったらしい。

「お客さんはいらっしゃいましたか」

「いや、やはり師走だねえ。一人もここへは座らなかったよ」

「そうでしょうねえ」

おせきは寒そうに身を竦《すく》め、肩掛けの前をきつく合わせた。

「もう五つですよ。そろそろ中へ入ったらどうですか」

おせきは促す。

「いや、もう少し、通りを眺めていたいよ」

そう言うと、おせきは短い吐息をつき、そっと床几に座った。

「あたしが聞き屋の客になりますよ」

おせきは悪戯っぽい顔で言った。

「お前におもしろい話があるとは思えないがね」

「おもしろい話？　そうね、今まで誰にも話さなかったことが一つだけあるけれど、それは、あまりおもしろい話じゃありませんよ」

「ほう。聞かせておくれ」

与平は僅かに興味を惹かれた。おせきは帯に挟んだ紙入れから波銭《なみせん》を一つ取り出して机の上に置いた。

「聞き料ですよ。一応、客になったんですから、ほんの気持ちですよ」

「もう少し、色をつけておくれよ」

与平は冗談交じりに応えた。おせきはくすりと笑い「あたしの話なんて一文にもならないものですよ。四文でも大盤振る舞いというもの」と切り返した。それから改まった表情になって話を始めた。

「あたしは子供の時から仁寿堂の女中をしていたんですよ」

――それは承知のことだ。

「黙って、お前さん。初めてあたしに会ったように話を聞いて下さいな」

――ああ、わかった。

「ふた親は死んじまって、親戚をたらい回しにされて育ったんですけど、実は死んだのはお父《と》っつぁんだけで、おっ母さんは、あたしが十八になる頃まで生きていたんですよ」

――知らなかった。

「言えば恥になると思って言わなかっただけ。おっ母さんは、お父っつぁんが死んで間もなく、男と駆け落ちしたんですよ。でも、途中で男に捨てられ、ぼろ雑巾《ぞうきん》のようになって江戸へ戻って来た。神田明神下のお店に無心に来たこともあるんです。あたしは相手にするつもりはなかったけど、お舅さんが幾らか渡して、実家に帰りなさいって言ってくれたの。実家は武州の田舎《いなか》で、伯父《おじ》さんはお百姓をしていたんです。そこへ行って野良仕事をさせて貰えって。その時のあたしは、まだ子供だったから、おっ母さんを養うことなんてできなかったんです。おっ母さんはお舅さんの言う通り、伯父さんの所へ行き、向こうで亡くなったんですよ。およしを見ていると、昔のあたしを思い出しますよ。でも、あたしは一人っ子で他にきょうだいもいない気楽な身分だったから、およしよりもましかも知れませんね」

――おまささんは、あれからどうなったかね。

与平はふとおまさのことを思い出した。

「お酒をやめたそうですよ。家の中もまめに掃除して、子供達にも小ざっぱりした恰好《かっこう》をさせるようになったそうです」

――了簡《りょうけん》を入れ換えたのだろうか。

「さあ、それはどうでしょう。でも仁太に怒鳴られたのが結構、こたえた様子でした。

このままおとなしくしてくれたらいいのですが」

――多分、大丈夫だろう。

「お前さんがそう思いたいだけでしょう？」

――意地悪だな。

「お舅さんにはあたし、ずい分可愛がっていただきましたよ。今でもありがたいと思っています。だから、お舅さんのいやがることや困ることは決してするまいと肝に銘じていたんです」

――親父はお前に看病されて安心して逝ったんだよ。

「そう思って下さいます？　ありがとうございます」

おせきは嬉しそうに頭を下げた。

「亡くなる十日ほど前でしたでしょうか。お舅さんは、おせき、与平を頼むよとおっしゃったんです。鯰の親分が嗅《か》ぎ回っているようだが、余計なことは喋《しゃべ》っちゃならないよって。あたしは、もちろん、誰にも喋りませんって応えたんです」

――…………。

与平のうなじがざわざわと粟立った。与平は固唾《かたず》を呑んだ。おせきは知っているのだ。父親と自分しか知らないことをおせきは知っているのだ。与平は了元の言葉を思い出した。自分の秘密を暴く者が近々現れると。それがおせきだったと合点した。

「見たんですよ、あたし」

おせきは、与平の視線を逸《そ》らすようにして、ぽつりと言った。

——何を見たんだ。

「火事で梁《はり》が崩れ、それが旦那さんの足に落ちた。旦那さんは身動き取れず、助けてくれと叫んでいた。助かっても、多分、旦那さんは足が不自由になったでしょうね。お前さんが奉公先から駆けつけて来たのは、お舅さんにもしものことがあったらと考えたせいでしょう？」

——ああ。

おせきは神田明神下の火事のことを持ち出した。おせきの言う旦那さんとは先々代の為吉のことだった。

「幸い、お舅さんは無事だった。でも、お前さんは勝手口から中に入った。旦那さんを助けるつもりなのだと、あたしは思ったのよ。その時、火消し連中はお店を諦《あきら》めて周りの家を壊しに掛かっていたんですよ。あたしはお前さんのことが心配で、そっと後をつけたの。火消し連中は危ないから、どいていろと言ったけれど、隙《すき》を狙《ねら》って庭に入ったのよ。庭から茶の間が見えましたよ。旦那さんは、たんまり膨れた紙入れをお前さんに差し出して、これをやるから助けてくれと縋っていた。燻《いぶ》った煙で旦那さんは咳《せき》をしていた。お前さんも手拭いを口に押し当てていた。旦那さんの後ろには火が迫っていましたよ。お前さんは、さほど焦っているようには見えませんでしたよ。後で考えると、最初《はな》っからお前さんには旦那さんを助ける気なんてなかったんですね」

おせきの問い掛けに与平は返事をせず、黙ったままだった。おせきは与平に構わず話を続けた。

「お前さんは旦那さんから紙入れを受け取り、懐に入れた。試しに梁を持ち上げて見せたけれど、太い梁はびくともしなかった。お前さんは、勘弁して下さいと言って、くるりと踵《きびす》を返した。心底、すまないという感じではなかったですね。突き放したような感じに思えましたよ。旦那さんは女のような悲鳴を上げたけれど、ごうごうと鳴る火の勢いで掻き消されてしまった。あたしは腰が抜けたようになり、それでも、よろよろと表に戻ったんです。そのまま、お舅さんの胸に縋って泣いたのよ。お前さんのことをお舅さんに話したのかどうか覚えていないの。でも、話したのでしょうね。そうでなければ、お舅さんが死ぬ間際にあたしに余計なことを喋るなと釘《くぎ》を刺すはずがないんですもの。お前さんはお舅さんに打ち明けたの？」

——いや。だが、親父に紙入れを渡したことで、親父は察しをつけただろう。

「前のお店はほとんど潰れる一歩手前だった。あの紙入れには旦那さんの全財産が入っていたのよ。幾らあったんですか」

——五十両だ。

「全財産がたったの五十両。笑ってしまいますね」

――だが、それで仁寿堂は、ひと息ついたんだ。

「旦那さんは火消しの連中でも助けられなかったでしょうね」

――いや。わたしが言えば火の中に飛び込んで梁をどかしただろう。だが、わたしは旦那はすでに命がないと言った。それで火消し達は手を出さなかったんだ。

「すぐに火の手が茶の間にも回りましたから、助けられたかどうかはわかりませんよ」

――それでも見殺しにしたことには間違いない。あの人さえいなければ親父は苦しまずに済むと思ったんだよ。あの人さえいなければ……。

「一人で罪を抱えて今まで生きていたんですねえ。いっそ、気の毒ですよ。女房のあたしにさえ、一言も言わずに……」

おせきはそう言って気の毒そうに与平を見た。その時、与平はおせきに対して殺意に近い憎しみを感じた。この女は四十年近く、必死で秘密を守ろうとした与平を高みの見物でもするように眺めていたのだ。

「お舅さんが、あたしをお前さんの女房に決めた時、あたしは口封じなのだと思いましたよ。お前さんは見事に自分の秘密を守り切った。鯰の親分のしつこい探りにも動じなかった。お前さん、さぞかし苦しかったでしょうね」

昂《たかぶ》った気持ちはおせきの慰めの言葉で萎《な》えた。了元は冷静になれとも言った。その通りだった。

「聞き屋を始めたのはお前さんの罪滅ぼしなのでしょう？」

――おせき。今夜でわたしは聞き屋をやめるよ。もう、これをする意味がなくなった。

与平はおせきの話を遮るように言った。おせきは、つかの間、与平をじっと見つめたが、「わかりました。長い間、ご苦労様でございました」と、労をねぎらった。

その後は、「ささ、店仕舞いですよ」と、朗らかに言い、さっさと床几を塀の中に運んだ。与平もゆっくりと立ち上がった。家に入る間際、与平は見慣れた路上をもう一度、振り返った。向かいの水茶屋《みずぢゃや》はとっくに店仕舞いして、葦簀《よしず》が脇《わき》に束ねられている。明日は夜中まで見世《みせ》を開けているので、今夜は早めに商売を終えたようだ。徳市の家の軒《のき》行灯《あんどん》はまだともっている。徳市も本年最後だと思って稼いでいるのだろう。路上の小石が軒行灯に照らされて光って見える。

昨夜《ゆうべ》と同じ夜だ。いや、その景色は聞き屋を始めた時からほとんど同じだった。今夜で聞き屋を辞めると、与平はおせきに言ったが、本当にそうなのかどうか、与平自身にも信じられなかった。本当なのかい。与平は胸で己れに問い掛けた。そうだと、はっきり応えることはできなかった。

与平はその夜、眠られなかった。今までのことが次々に思い出され、眼が冴《さ》えてしまった。何度も小用に立ったが一向に眠気は訪れなかった。

かなり冷えていたが、与平は外の空気が吸いたくて廊下の雨戸を細めに開けた。月は見えなかったが、満天の星が見事だった。ふと眼を凝らせば、庭の草花に白い霜が下りていた。庭全体がうっすらと白い紗《しゃ》を掛けたように思えた。雪のようにくっきりとした白ではなく、うすぼんやりした儚《はかな》い白だ。それはまるで与平の心模様を映した色に感じられた。

与平はその時、残された余生が僅かなものであることを悟った。

明日の朝には消える宿命《さだめ》の霜だ。誰もそのことに頓着《とんちゃく》しない。だが、与平はそれでいいと思っている。戦国の武将達ですら、最期《さいご》の最期は己れの命を儚いものに見立てたではないか。

与平はしばらく夜半の霜に見入っていた。

六

その年の暮で与平の聞き屋は仕舞いにはならなかった。心ノ臓の具合は一進一退を繰り返した。もはやこれまでかと与平の家族が覚悟を決めたことも何度かあった。だが、与平の生命力は存外に強く、与平は危険な状況を乗り越えた。具合がよい時、与平は机を出して聞き屋をした。

その頃には、おせきが必ず傍につくようになった。最後はおせきがほとんど客の相手をして、与平は黙って聞いているだけだった。

与平は翌年の盂蘭盆《うらぼん》の一日前に亡くなった。

悔やみに訪れた客は、誰しも与平を後生のいい人だと褒め上げた。


与平が亡くなってからも、仁寿堂の店の裏手には、毎月五と十のつく日は机が出され、置き行灯が微かな灯りを放っていた。

黒いお高祖頭巾《こそずきん》を被った女が、その前にひっそりと座っている。

按摩の徳市は家に戻る間際、決まって声を掛けた。

「お内儀さん。ご精が出ますね」

「お蔭様で。あんたはもう仕舞いかえ」

「へい。今夜もさっぱりでしたよ。お内儀さん、肩は凝っておりやせんか」

「凝ってるよ。息子達のことや孫のこと、それに聞き屋のお客様の身につまされる話を聞かされたんじゃ」

「店仕舞いしてから揉みに上がりやすよ」

「でも、あんただって疲れているだろうに」

「いいんですよ。大旦那が生きていた頃、仕事を終えて家に入る時、決まってごくろうさんとおっしゃっていただきやした。わっちは、それを聞くと疲れが吹っ飛びやした。もう、そんなことはねェのだなあと寂しい気持ちでおりやしたが、今度ァ、お内儀さんが聞き屋をなさっている。わっちは嬉しくて嬉しくて。そんなお内儀さんのためなら、夜中だって揉みに上がりやすよ」

徳市は感極まった声で言う。

「うちの人の供養と言うより、あたしが聞き屋をしたくなったんですよ。世間知らずのあたしには、他人様《ひとさま》の話を聞いてためになることは多いですからね」

「がんばって続けておくんなさい。大旦那もさぞかし、あの世で喜んでいらっしゃるでしょう」

「さあ、それはどうかしら」

「ひと息ついたら伺いやす」

「裏口から入っておくれね。おさくに言っておきますから」

「あい」

徳市は玉杖を突いて家に戻って行った。

おせきは短い吐息をついたが、すぐに姿勢を正した。三十がらみの女が目の前で足を止めたからだ。

「聞き屋？　八卦なの？」

――いいえ。お客様のお話を聞くだけですよ。

「何んでも？」

――ええ。

「お幾ら？」

――それはお客様のお志で結構です。持ち合わせがなければ無理にはいただきません。

そう言うと、女は安心したように床几に腰を下ろした。

「男に振られちまったんですよ。もう生きているのもいやになっちまって。ねえ、どうしたらいい？」

女は涙声で口を開いた。おせきは女に茶を振る舞った。女は後れ毛を掻き上げてから、湯呑《ゆのみ》を手にした。

米沢町の路上は深い闇に覆われているが、おせきと女の周りだけ、ぽっと微かな灯りがともっていた。

昨日と同じ夜が今日も続く。だが昨夜と今夜は確実に何かが違う。

与平が感じていたものは、そうした時の流れでもあったのだろうか。おせきは女の話を聞きながら、今は亡き夫の胸の内に、しばし思いを巡らせていた。

参考文献

『増補　幕末百話』篠田鉱造著（岩波文庫）

解　説

木内　昇

　両国広小路の片隅に、私もいっとき座ったことがある。ちょうど与平の斜め後ろあたり。置《お》き行灯《あんどん》の温《ぬく》い明かりも、川を渡ってきた風の匂いも、客の話に頷《うなず》くたびに揺れる与平の深編み笠も、よく見知っている——。

　宇江佐真理氏の小説は、「読む」という感覚より「体験する」に近い。ページを開くやストンと江戸の町に降りたって、いつの間にかそこに生きる人々と顔馴染みになってしまう。手妻《てづま》でもかけられたような気になり、首をひねることしばしばである。

『聞き屋　与平　江戸夜咄草』は、二〇〇四年六月から二〇〇六年二月にかけて「小説すばる」誌で発表された連作短編集だ。主人公の与平は、薬種屋「仁寿堂《にんじゅどう》」、十代目の主《あるじ》。先々代の放蕩によって傾いた身代を父・平吉とともに立直し、与平の代でさらに看板を大きくした。店は今や、三人の息子たちに譲って、晴れて隠居の身。これまで働き詰めに働いたのだ、これからは悠々自適に……いくはずが、俳句の会も物見遊山も今ひとつ楽しめぬ。

「身体は楽になったが、気の張りもなくなっていた。仕事一筋にやって来た男には無為の日々が苦痛だった」

どこか現代の仕事人間にも通ずる心境ではなかろうか。無事定年退職したもののすることもなく時を持て余すばかりなり、というような。が、与平はそこで、ただ引きこもってはいなかった。ある妙案を思いつくのである。

世の中には、自分の話を誰かに聞いてもらいたい人が山とある、話せば気が楽になることもあろう、だったら自分がその役を買って出ればいいじゃないか。

彼は早速、両国広小路の仁寿堂裏手に机を出す。被せた覆いには「お話、聞きます」の文字。見慣れぬ看板に、通りを行く人々は訝《いぶか》しげな目を向ける。たびたび辻占と間違われ、時に見当違いな因縁をつけられる。やっと聞き屋と了解した客が座ったところで彼らが語るのは、湿っぽい愚痴や胸にしまっておけない重い悩み、中には罪科《つみとが》に値する打ち明け話なんてものもある。ただ聞くだけとはいえ、けっして楽な作業ではない。にもかかわらず、聞き料は客の志次第、ゆえに無償の奉仕となることも。

なにもそんな思いまでして人の話を聞かずとも……と、つい思う。なにしろ彼は、糟《そう》糠《こう》の妻・おせきと兄弟仲のよい三人の息子たち、ふたりの孫にも恵まれており、孤独な老境というわけではないのだから。

ところがそんな老婆心は、すぐに吹き飛ぶこととなる。「聞き屋」をする与平の姿が、至極魅力的だからだ。彼が行うのは、相手が心おきなく話せるよう、ぽつりぽつりと相槌《あいづち》を打つことだけ。下世話な興味で詮索することもなければ、とってつけたような慰めを言うことも、自分の経験値だけでもっともらしい助言を与えることもない。聞いた話は一切外に漏らさず、彼の胸の内だけに留める。

例えば「雑踏」という一編。聞き屋を訪れたひとりの武士は、顔に痣《あざ》があることを引け目に感じ、縁談に二の足を踏んでいる。与平は内心「痣ぐらい何んだ」と思うのだが、それを口にはしないのだ。

「悩みは当人でなければわからない。たとい、他人がどれほど慰めても、当人は悩みから解放される訳ではないのだ」

与平には、「他人をたやすく理解できる」「話せばなんでもわかり合える」といった傲岸な考えはない。温かい関心を向けながらも、相手と自分を一緒くたにすることなく、踏み込み過ぎぬよう適度な距離を保って接する。つまり、他者という存在を認め、尊重しているのである。

それでもほんの時折、話を聞いた後にこっそり力添えすることもある。自分の力ではどうにもならぬ命運を背負った年若い者に対してだ。親の借金のカタに吉原に売られそうになったおよしに奉公先を世話し(「聞き屋　与平」)、藪入《やぶい》りに帰る場所がないお店者《たなもの》の少年には、そのときは仁寿堂を訪ねてきたらいい、と手を差し延べる(「どくだみ」)。

家族と遠く離れ、江戸でひとり働く少年にとって、与平の言葉はどれほど支えになったろう。

「他人をねたんで大人になったとしたら、ろくな男にならない。その前に、少しだけ情を掛けてやれば、とげとげした心は和むだろう」

かつての日本人はきっと、こんなふうに謙虚で、相手を慮《おもんぱか》ることが得意な人たちだったのだ、と改めて気付かされる。いや、「かつて」なんて言葉で切り離してはいけない。現代に生きる私だってやっぱり、悩みを抱えたときには、機微を心得た与平の「なんでもお聞き致します」というひと言を聞きたい。「あなたなら大丈夫！　頑張って、夢はきっと叶う！」と畳み掛けられるより、遥かに。

人間、ある年齢に達すると、どうも道が大きくふたつに分かれるように思うところで。もちろん若い頃から多少の傾向はあろうが、齢を重ねるにつれ顕著になるとでもいおうか。非常に大雑把な括り方、かつ貧しい私見であることはご容赦いただきたい。すなわちそれは「聞く人」と「聞かない人」である。「聞かない人」は「語る人」でもあって、ご自身の来し方などを淀みなく、こちらが質問したところでそんな世迷い言はすっ飛ばし、祝詞《のりと》の如くお話になる。私は以前インタビュー原稿を書いて口に糊《のり》していたので、こうした「語る人」が好きである。もちろん、時にメビウスの帯をひた走っているような不安に陥ったり、老いてなお盛んな肺活量に瞠目したりすれど、生きてきたからこそ紡ぐことのできる質感を持った言葉は興味深い。が、それ以上に、十二分に経験を積まれてきた方が、なお、誰かの話を聞こうとされている姿には得難い余裕を感じ、惹きつけられてしまう。「聞く人」は自らが話す機会にも、折々に聞き手に向かって「あなたはどう思いますか？」「私はこう思いますが、若い方はどうなのでしょう」というように問いかける。以前、映像で見た晩年の司馬遼太郎さんがそうだった。ＴＶで偶然見たノッポさんも、そうであった。

与平にもまた、年輪がもたらす揺るぎなさがある。が、聞き屋をまでするのは余裕ばかりとはいえないだろう。なにせ彼は只今も、世俗から解かれた穏やかなりし日々を送っているわけではないのだ。次男・作次夫婦のことで心を痛め、三男・富蔵のもとで働くおよしの母親は頭痛の種、仁寿堂先々代のお内儀・おうのには成功を妬まれている。時には商売に口を挟めなくなった自分の立場を嘆き、体力の衰えに心細さを募らせる。さらに彼には、なにか人には言えぬ過去があるらしく、辺りをシマにしている岡っ引き・鯰《なまず》の長兵衛が、尻尾を摑んでやるとばかりに四六時中周囲を嗅ぎ回る。そんな日々の中で与平は、「もっと話を聞かなければならない」と焦燥を滲《にじ》ませる。どうやら聞き屋は与平にとって、暇を埋める道楽などではなく、もっと切実な思いからくるものらしいと気付かされる。

一見口当たりのよい人情ものなのに、ぐいぐい引き込まれるうち深遠な真理の淵に立たされている。勧善懲悪に隔てられぬ人物たちによって、かえって一筋縄ではいかない人間の業をずっしり突きつけられる。宇江佐作品の不思議が、ここにもある。『涙堂琴女癸酉日記《ことじょきゆうにっき》』のお琴は、夫の不可解な死の謎を追い、『泣きの銀次』は亡くした妹への思いに囚れた岡っ引きだ。『あやめ横丁の人々』の慎之介も、自分の花嫁の想い人を殺《あや》めてしまった過去がある。いずれも喪失感が根底にあれど、物語はなぜか暗くはない。むしろ、彼らの佇《たたず》まいは人間味溢れ、その日常はささやかながら光彩を放って見える。深いことを、そのままの形で描いた小説は多々あれど、風物や景観に織り込んでするりと読み手の懐に滑り込ませる作品に出会うことは少ない。ここにある、悲しみや辛さを経た人々がそれでも闊達《かったつ》と生きていく様はまさに、江戸に流れていた気っ風そのものではないだろうか。誰しもちょっとずつなにかを諦め、ちょっとずつなにかを取りこぼしながら生きていく。だからこそ人は美しく愛おしいのだと信じる私にとって、宇江佐氏の紡ぐ物語もまた、美しく愛おしいものだ。

与平も、苦難や後悔や理不尽を自ら背負って生きてきた男である。他人の苦労話を聞いても「その程度の苦労、その程度の波乱の人生など世の中にはごまんとある」と思える強さも持ち合わせている。それだけに、さる身近な人物から、彼が一心に守ってきた秘密をずっと前から知っていたのだと明かされたとき、とても複雑な心境に陥る。この場面で、情感豊かに流れていた物語はまた一層深みを増す。読者はもしかしたら、悩むかもしれない。核心を打ち明けることと秘め続けること、どちらが幸せなのか、と。それでもやはり、心根を分かち合える人間がひとりでもいることは豊かなことなのではないか、と物語に浸っているうち思えてくるのだ。聞き屋に通う客たちも、そんな思いで与平の前に座ったのではないだろうか。与平も深編み笠を揺らしながら、「誰でも叩きゃあ埃の一つ二つ出るものだ。それでも腐らず投げ出さず生きていくことが肝心なんだよ」と心の中でずっと唱えていたのではなかったか。聞くことは、彼にとって償いであると同時に、これ以上ない慰めでもあった気がするのだ。

読み終えて随分経つが、未だに与平のことを思う。彼が、その人生の終焉《しゅうえん》で聞いた音はなんだったのだろう、と想像する。家族の優しい呼びかけだったかもしれない。両国を行き交う人々の笑い声だったかもしれない。しじまに漂う虫の音だったかもしれない。いずれにしても与平は、美しい音を聞いていたんじゃなかろうか。「ああ、わしにはまだまだ聞きたいことがあったのに」と少々未練を感じながらも。それだって、聞きたい音の満ちた世に住めたってことがなによりの幸せじゃないか——いつかまた与平に会ったら、やっかみ半分にそう言ってやりたいと思っている。

この作品は二〇〇六年五月、集英社より刊行されました。

宇江佐真理

斬られ権佐

斬られ権佐——愛するひとを救うために負った刀傷から来た呼び名。彼は捕物の手伝いをし数々の事件を解決する。だが娘が犯罪に巻き込まれ——。愛の強さを描く感動時代小説。

集英社文庫

宇江佐真理

深川恋物語

思う人と思う通りに生きられたら、これ以上のことはないのに——。江戸・深川を舞台に、市井の人々の胸にひそむ切ない想いを描く、珠玉の短篇集。吉川英治文学新人賞受賞作。

集英社文庫

集英社文庫　目録（日本文学）

岩城けい　Ｍａｓａｔｏ
宇江佐真理　深川恋物語
宇江佐真理　斬られ権佐
宇江佐真理　聞き屋与平　江戸夜咄草
宇江佐真理　なでしこ御用帖
宇江佐真理　糸車
植田いつ子　布・ひと・出逢い　美智子皇后のデザイナー 植田いつ子
上田秀人　辻番奮闘記　危急
上田秀人　辻番奮闘記二　御成
植西聰　人に好かれる100の方法
植西聰　自信が持てない自分を変える本
植西聰　運がよくなる100の法則
上野千鶴子　〈おんな〉の思想　私たちは、あなたを忘れない
植松三十里　お江《ごう》流浪の姫
植松三十里　大奥延命院醜聞　美僧の寺
植松三十里　大奥秘聞　綱吉おとし胤

植松三十里　リタとマッサン
植松三十里　家康の母お大
植松三十里　ひとり白虎　会津から長州へ
内田康夫　浅見光彦豪華客船「飛鳥」の名推理
内田康夫　軽井沢殺人事件
内田康夫　北国《ほっこく》街道殺人事件
内田康夫　浅見光彦　四つの事件　名探偵と巡る旅
内田康夫　名探偵浅見光彦のニッポン不思議《ミステリアス》紀行
内田洋子　カテリーナの旅支度　イタリア 二十の追想
内田洋子　どうしようもないのに、好き　イタリア15の恋愛物語
内田洋子　イタリアのしっぽ
宇野千代　生きていく願望
宇野千代　普段着の生きて行く私
宇野千代　行動することが生きることである
宇野千代　恋愛作法
宇野千代　私の作ったお惣菜

宇野千代　私の幸福論
宇野千代　幸福は幸福を呼ぶ
宇野千代　私の長生き料理
宇野千代　私何だか死なないような気がするんですよ
宇野千代　薄墨の桜
冲方丁　もらい泣き
海猫沢めろん　ニコニコ時給800円
梅原猛　神々の流《る》竄《ざん》
梅原猛　飛鳥とは何か
梅原猛　日常の思想
梅原猛　聖徳太子1・2・3・4
梅原猛　日本の深層
宇山佳佑　ガールズ・ステップ
宇山佳佑　桜のような僕の恋人
宇山佳佑　今夜、ロマンス劇場で
江川晴　企業病棟

集英社文庫 目録（日本文学）

集英社文庫　目録（日本文学）

集英社文庫

聞《き》き屋《や》与平《よへい》 江戸夜咄草《えどよばなしぐさ》

2009年7月25日　第1刷
2019年3月19日　第6刷

定価はカバーに表示してあります。

著　者　宇江佐真理《うえざまり》

発行者　徳永　真

発行所　株式会社　集英社
東京都千代田区一ツ橋2-5-10　〒101-8050
電話　【編集部】03-3230-6095
【読者係】03-3230-6080
【販売部】03-3230-6393（書店専用）

印　刷　凸版印刷株式会社

製　本　凸版印刷株式会社

フォーマットデザイン　アリヤマデザインストア　　マークデザイン　居山浩二

ISBN978-4-08-746456-6 C0193